KB078235

전마법,
부활
하였도다

천마님, 부활하셨도다 3

정영교 新무협 판타지 소설

초판 1쇄 찍은 날 § 2017년 3월 7일
초판 1쇄 펴낸 날 § 2017년 3월 14일

지은이 § 정영교
펴낸이 § 서경석

편집책임 § 이지연

펴낸곳 § 도서출판 청어람
등록번호 § 제387-1999-000006호
등록일자 § 1999. 5. 31
어람번호 § 제2-2702호

주소 § 경기도 부천시 부일로 483번길 40 서경B/D 3F (우) 14640
전화 § 032-656-4452 팩스 § 032-656-4453
http://www.chungeoram.com
E-mail § chungeorambook@daum.net

ISBN 979-11-04-91230-6 04810
ISBN 979-11-04-91193-4 (세트)

선마녕,
부활
하셨도다

정영교 新무협 판타지 소설
FANTASTIC ORIENTAL HEROES

3

도서출판 청어람

目次

18장

천마님, 모용세가로 오다

모용세가는 오대세가라 불리는 만큼 그 규모가 크다.

작은 궁전이라 불릴 정도로 화려한 건물은 그 위엄이 도드라졌다.

사마세가와 비교한다면 천양지차라고 할 수 있을 것이다.

요녕 땅은 중원에서도 북쪽에 치우쳐 있는 만큼 기후가 쌀쌀하고 춥다.

사시사철 추운 계절에 가까웠기에 모용세가의 사람들의 복식은 털모자와 털옷이 주를 이루었다.

모용세가의 서편 객실 정원.

"확실히 여기가 춥긴 하군요."

"호호~"

문율의 말에 설유라는 차가워진 자신의 손에 입김을 불었다.

차가운 바람에 닿을 때마다 살이 에일 것 같았다.

요녕을 오는 건 처음이었기에 복식에 있어서 미처 추위를 방비하지 못했다.

"역시 밖에는 못 있겠어요. 먼저 들어가겠습니다, 문 대협."

"후후후, 들어가시지요."

객실에 있다가 답답해서 바람이라도 쐬려 했던 그녀였다.

지금은 중원의 한가운데로 위치를 옮겼지만, 검문은 원래 중원 최남단에 있었다.

그녀 역시도 중원 최남단 출신이었기에 더위에는 강해도 이런 추위에는 익숙하지 않았다.

'제법 춥기는 하군.'

뒤도 돌아보지 않고 객실 방으로 쏙 들어가 버리는 설유라였다.

그런 그녀의 뒷모습에 문율이 피식하고 웃었다.

설유라와 마찬가지로 두껍지 않은 옷을 입은 문율이었다.

하지만 화경의 경지에 오른 문율은 운기(運氣)가 자유로워

체내의 체온을 비교적 원활하게 조절할 수 있었다.

그때 객실 정원으로 사십 대 중반으로 보이는 큰 풍채의 남자가 다가왔다.

"문 대협."

"오, 모용 대협."

남자는 모용세가의 부가주인 모용강였다.

객실을 직접 찾아온 모용강을 보며 문율이 포권을 취하고는 말했다.

"허허허, 아랫사람을 보내시지. 이리 객실까지 직접 오셨습니까?"

"천하에 검하칠위의 문 대협과 검황의 제자분이 계신데, 어찌 하인들을 보내겠습니까? 하하하핫."

큰 풍채만큼이나 호탕한 웃음소리를 가진 모용강이다.

그가 이곳까지 직접 온 것은 이들을 데리러 오기 위해서였다.

"하하하핫, 준비가 되었습니다. 연무장으로 오시면 될 것 같습니다."

이 '준비'란 모용세가에서 인재를 차출하기 위한 대련이었다.

오대세가의 위명답게 세가 내에서도 젊은 인재가 많은 모용세가였다.

모용세가는 인재가 많은 것도 있지만, 무림맹의 징집을 꺼리는 다른 세가들과 달리 적극적으로 차출에 임하고 있었다.

"그전에 부탁드리고 싶은 게 있습니다만."

"하핫, 무슨 부탁이든 말씀만 해주십시오. 문 대협의 부탁이라면 당연히 들어드려야지요."

"혹시 여성들이 입을 만한 털옷이 있습니까?"

"아… 좀 춥지요?"

"……."

설유라가 많이 추워했다.

문율의 부탁에 모용강은 시녀들을 시켜 세가의 여성들이 입는 털옷을 가져오게 했다.

단단히 옷을 입고 연무장으로 향했는데 다행스럽게도 실내 연무장이었다.

오대세가답게 그 규모가 워낙 크다 보니 거의 구대문파들 수준에 비견될 만큼 시설을 갖추고 있었다.

[역시 모용세가는 만만하게 볼 수 없군요.]

[후후후, 코가 아릴 정도입니다.]

실내 연무장을 둘러본 설유라의 평은 칭찬에 가까웠다.

연무장에는 수련의 흔적들이 고스란히 남아 있었다.

다른 것은 몰라도 연무장에 들어서자마자 맡을 수 있는 피와 땀 냄새는 숨길 수가 없었다.

문율과 설유라가 그렇게 연무장을 둘러보고 있을 때, 연무장의 안쪽에서 모용강과 조용히 대화를 나누는 이가 있었다.

"형님, 누가 되었든 이것은 기회입니다."

모용강과 달리 체구는 평범했지만, 눈빛에 정기가 넘치는 이 중년인은 바로 모용세가의 가주 모용철이었다.

"모용세가와 연나라의 재건을 위해선 당금 제일의 문파인 검문과 연을 맺어야 합니다."

"그래. 이 모든 것은 모용세가를 위함이다."

모용강의 말에 가주인 모용철 역시도 긍정을 표했다.

그들이 이렇게까지 무림맹의 무림일통을 위한 징집에 적극적인 이유는 간단했다.

검문과의 긴밀한 연을 맺기 위함이었다.

"그렇지 않아도 검황에게 매파를 보내려 했는데, 이 어찌 천금과도 같은 기회가 아니겠습니까?"

모용세가의 목적은 검문과의 인척 관계를 맺는 것이었다.

그들의 입장에선 이번 징집을 비롯해, 검황의 제자인 설유라가 직접 이곳에 온 것은 중요한 기회라 할 수 있었다.

혼인이라 함은 인륜지대사라고 할 수 있다.

정략적으로 밀어붙인다고 하여도, 설유라가 거부한다면 어찌할 수 없는 노릇이다.

"저희 황이에게는 잘 일러두었습니다. 그렇지 않아도 녀석도 설 소저를 보면서 마음에 들어 하더군요."

모용황은 모용강의 첫째 아들이었다.

모용강은 자신의 아들이 설유라와 연을 맺었으면 하는 것이 본심이었다.

그렇기에 '누가 되었든'이라는 말을 한 것이다.

"그것참 다행이군. 우리… 월야는… 크흠."

"흠흠, 형님, 너무 심려치 마십시오. 월야도 최근 들어 많이 의젓해졌고, 그리고… 설 소저를 본다면 달라질 수도 있습니다."

"…그랬으면 좋겠구나."

무슨 연유인지 모용철은 아들인 모용월야를 언급하면서 상당히 언짢아해했다.

모용철은 실내 연무장의 입구에 들어선 설유라를 보았다.

가히 천하일색이라 해도 과언이 아닐 만큼 그녀는 아름다운 얼굴과 고운 자태를 지녔다.

화려하게 꾸미지 않아도 아름다운데, 여인으로서 치장을 한다면 얼마나 더 고울까, 하는 생각이 들 정도였다.

내심 그들은 자신들이 '조금만 더 젊었어도……' 하는 치기 어린 상상을 해보기도 했다.

웅성웅성!

실내 연무장에는 꽤 많은 구경꾼이 모여 있었다.

기일인 월말은 내일이었지만, 각파에서 도착한 이가 많았다.

큰 세력권으로는 정파의 하북 팽가 팽가윤과 진주 언가의 언섭, 사파의 하북 패도문의 묵일청 등을 비롯해 십여 명의 젊은 인재가 자리하고 있었다.

'저분은 검황의 유일한 여제자이신 설유라?'

'옆에는 검하칠위의 문율 대협이겠지.'

'기세가 보통이 아니구나.'

시끌벅적했던 실내 연무장이 어느새 조용해졌다.

가운데에서 비무를 준비 중인 두 사람에게 향했던 좌중의 시선이 어느새 설유라와 문율에게로 향했다.

특히 그 아름다움이 유독 빛나는 설유라를 향한 눈빛들이 남달랐다.

처음부터 목적을 두고 있었던 것은 아니었지만 무림 삼화(三花) 중 외모나 배경 면에서 최고일지도 모를 여자를 보고 나니 욕심들이 생기는 것은 어쩔 수 없었다.

그녀가 실내 연무장을 가로지르는 내내 각파의 남성 인재들의 얼굴과 시선은 그쪽으로 향하고 있었다.

"오셨습니까? 설 소저. 어제 잠자리는 불편하지 않았는지 모르겠습니다."

참으로 보기 드문 일이었다.

오대세가 중 남궁세가와 더불어 그 영향력이 가히 구대문파와 비교해도 모자람이 없다 불리는 모용세가였다.

그런 모용세가의 가주가 가볍게라고는 하나 먼저 포권을 취했다.

더욱 놀라운 것은 이것을 바라보는 좌중이 전혀 어색함을 느끼지 않았다는 점이다.

"모용 가주님께서 신경 써주신 덕분에 푹 쉬었습니다."

설유라와 문율이 도착한 것은 어제였다.

다른 문파들을 방문했을 때와 마찬가지로 어제 저녁에는 긴밀한 회의와 저녁 만찬을 대접받았었다. 어찌 보면 각 문파별로 숙수들의 요리 솜씨를 맛본 셈이기도 했다.

"그리 말씀해 주시니, 다행……."

"하하하핫, 푹 쉬셨으니 이제 본 무대를 감상하셔야지요."

옆에 있던 모용강이 끼어들더니 호탕하게 웃으며 말했다.

이에 모용철이 잠시 언짢아하는 기색을 보였으나, 이내 내색하지 않으며 웃는 낯으로 손으로 연무장을 가리켰다.

연무장에는 연습용 무복을 입은 두 명의 젊은이가 자리하고 있었다.

"저희 모용세가에서 가장 뛰어난 인재들입니다."

"기대가 되는군요, 후후후."

"우측에 절 닮아 풍채가 제법 되는 젊은이가 바로 제 아들이 황입니다."

"흠흠."

"아아, 제가 팔불출인 모습을 보였군요. 하하하핫."

모용철이 헛기침을 하며 주의를 주자 모용강이 머리를 긁적이며 멋쩍게 웃었다.

침착하면서 정기가 넘치는 모용철과는 대조적이게 모용강은 호탕한 듯 보이나 꽤 성급한 면모를 가지고 있었다.

가주가 말을 하는 도중에 계속 끼어드는 것만 보아도 알 수 있었다.

'이곳도 나름 재미있군, 후후후.'

각 문파들과 세가를 방문하면서 이와 같은 모습을 제법 보았기에 문율에게는 그리 새롭게 다가오진 않았다.

설유라의 시선은 어느새 연무장의 두 청년에게로 향해 있었다.

연무장의 우측에는 모용강의 말대로 풍채가 크고 짙은 눈썹의 청년이 여유로운 얼굴로 목검을 고르고 있었다.

그런 모용황이 목검을 고르는 것을 반대편에서 멀뚱히 지켜보는 이가 있었다.

특이하게도 고개를 삐딱하니 옆으로 젖혀서 엄지손톱을 이빨로 잘근잘근 씹고 있었다.

건강미 넘치는 모용황과 달리 창백한 얼굴에 얼핏 보아서는 여자처럼 보이는 곱상한 외모를 하고 있었다. 심지어 몸의 선이 전체적으로 가냘프기까지 했다.

"왼쪽 편에 있는 분은 혹시 따님이십니까?"

"아닙니다. 아들 녀석입니다, 크흠."

이때까지 정기 넘치게 그들을 대할 때와 다르게 가주 모용철은 상당히 못마땅한 얼굴을 하고 있었다.

뭔가 사연이 있어 보였지만 문율은 묻지 않았다.

마음에 든 목검을 골랐는지 모용황이 그것을 들고 연무장 가운데에 섰다.

"월야 형님, 그런 이쑤시개 같은 목검 가지고 되겠습니까? 하하핫."

호탕하게 웃는 모습마저 아비인 모용강을 닮았다.

단지 다른 점이 있다면 모용월야를 깔보는 눈빛이 만연하다는 것이다.

모용월야는 무슨 생각을 하는지 전혀 알 수 없는 표정으로 고개를 반대쪽으로 젖혔다.

'이 자식, 무시하는 거냐?'

그런 모용월야의 태도에 기분이 나빠졌는지 모용황의 눈썹이 치켜 올라갔다.

아무 말이 없을 것 같은 모용월야가 입을 열었다.

"…있잖아, 평소에는 반말로 하던데 왜 갑자기 존댓말이야?"

계속해서 손톱을 씹으면서 말을 하는 모습이 모용황에겐 거부감을 일으켰다.

그러나 지켜보는 눈이 많기에 애써 내색을 하진 않았다.

"하하핫, 당연히 형님이시니 존대를 해야죠."

[닥치고, 넌 날 띄워주는 역할에만 충실하면 되잖아, 이 미친놈아.]

호쾌하게 말하는 것과 달리 전음은 정반대였다.

전음으로 말하는 쪽이 평소 모용월야에게 대하는 말투였다.

자신을 무시하는 전음을 들으면서도 모용월야의 표정은 아무런 변화가 없었다.

'젠장, 이 자식은 대체 무슨 생각인 거야.'

덕분에 더욱 기분이 나빠지는 것은 모용황 쪽이었다.

모용월야는 세가 사람들 모두가 꺼려하는 기분 나쁜 인간, 그 자체였다.

모용황과 모용월야가 대치한 상황에서 가주 모용철이 앞으로 나서며 우렁찬 소리로 말했다.

"지금부터 모용월야와 모용황의 비무 대련을 시작한다. 둘은 실전이라고 생각하고 최선을 다하길 바란다."

넓은 실내 연무장 전체가 쩌렁쩌렁하게 울릴 정도의 목소리에 각파의 인재들은 감탄했다.

모용철의 목소리만으로 그 내공의 심후함을 느낄 수 있었기 때문이다.

평소라면 굳이 내공을 싣지 않았겠지만, 각파의 인재들이 모인 만큼 모용세가의 위엄을 보이기 위한 모용철의 한 수였다.

'과연 모용세가의 가주다워. 화경을 앞두고 있다더니 사실인가 보군.'

문율 역시도 인정했다.

오대세가의 가주답게 무공 수위가 구파의 장문인들 수준에 육박했다.

어쩌면 화경의 경지에 올랐을지도 모른다고 여겨졌다.

'직접 겨뤄야 파악할 수 있겠군.'

무림에 '고수는 자신의 실력을 삼 할 이상은 숨긴다'라는 속설이 있다.

호승심이 생겨났으나 겨뤄볼 명분이 없는 것이 아쉬울 따름이었다.

모용철의 말이 끝남과 동시에 모용황이 먼저 자세를 취했다.

'설유라 소저가 보고 있다. 화려하면서 빠르게 끝내야 한다.'

아버지인 모용강의 당부도 있었지만, 아름다운 설유라가 지켜본다는 사실에 모용황의 전의는 끝없이 치솟아 오르고 있었다.

모용월야가 세가 내에서 괴짜이면서 괴물이라 불리고 있지만 자신은 백 년에 한 번 나올까 말까 한 기재라 불린다. 충분히 이길 자신이 있었다.

"안 덤벼?"

"헉!"

어느새 모용월야가 그의 삼 보 앞까지 파고들어 왔다.

짧은 찰나에 벌어진 일이라 놀란 모용황은 보법으로 신형을 뒤로 뺐다.

공격을 할 거라 생각했는데, 모용월야는 여전히 손톱을 물어뜯고만 있었다.

'이 자식이······.'

덕분에 모용황은 지레 겁을 먹고 뒤로 물러선 꼴이 되고 말았다.

치욕감에 젖은 모용황은 곁눈질로 설유라가 있는 곳을 힐끔 쳐다보았다.

다행인지는 모르나, 설유라는 연무장에 들어왔을 때와 마찬가지로 얼음장 같은 표정으로 일관하고 있었다.

"안 할··· 거야? 하아아암, 나··· 지루해지고 있어."

모용월야가 하품을 하며 지루하다는 시늉을 했다.

중요한 건 그의 눈은 계속해서 모용황의 눈을 뚫어지게 바라보고 있었다.

'젠장! 이 자식, 나를 무시하는 거냐?'

화가 난 모용황이 내린 결론은 하나였다.

보기 좋게 모용월야를 최고의 무공으로 때려눕히는 것이었다.

'내가 가진 최고의 초식!'

모용황이 보법을 펼치며 앞으로 나아가 목검으로 화려한 초식을 펼쳤다.

그것은 모용세가가 자랑하는 검법 중 하나인 건곤검해(乾坤劍解)의 만변(萬變)이라는 초식이었다.

모용철이 모용강에게 놀란 목소리로 물었다.

"아니, 저 아이가 저것을 익혔나?"

"하하하핫, 워낙 재능이 있다 보니 이것저것 가르쳤지요."

"허어, 과연 기재로다."

건곤검해는 모용세가의 직계 중에서도 상위 검공 다섯 가지를 전부 익혀야만 배울 수 있는 최상위의 검법이었다.

아직 약관에 불과한 모용황이 익힐 만한 게 아니었다.

검법의 무리가 건곤의 이치를 가미하여 초식에 수많은 변화를 꾀하기 때문에 익히기 복잡하다. 모용철 역시도 십 년 이상의 수련을 거쳐야 할 정도로 난해한 검법이었다.

씨익!

'이 자식이 웃어?'

사방팔방으로 날아드는 검영(劍影)을 바라보며 당황하기는 커녕 모용월야가 웃었다.

고개를 젖힌 상태에서 기괴하게 웃는 터라, 초식을 펼치는 모용황이 속으로 당황스러울 정도였다.

"좋아! 좋아! 키키키킥!"

"엇?"

따다다다다당!

놀라운 일이 벌어졌다.

모용월야가 기괴한 웃음소리를 내며 모용황의 화려한 검초식을 전부 막아냈다.

특별히 초식을 펼치는 것이 아니라, 상대의 초식을 정확하게 맞춰서 말이다.

이것은 천부적인 소질을 넘어서 괴물과도 같다고 할 수 있었다.

웅성웅성!

지켜보는 각파의 인재들 중에는 놀라다 못해, 멍하게 턱까지 벌리는 자가 속출했다.

모용황이 펼치는 초식은 같은 세대 중에서도 최고라 할 만했는데, 그것을 아무렇지 않게 막아내고 있으니 놀랄 만도 했다.

'엄청난 재능이로구나! 사마영천 말고도 나를 놀라게 하는 녀석이 있다니.'

문율 역시도 놀라움을 감추지 못했다.

같은 초식을 펼치는 것도 아닌데, 검의 궤도에 맞춰서 막아 낸다는 것은 뛰어난 안력과 담대함을 갖추지 않고는 불가능 한 기행이었다.

"더 보여줘."

"이익!"

따다다다닥!

당황한 모용황이 놀라서 건곤검해의 다른 초식들을 펼쳤으나 마찬가지였다.

어떤 초식을 펼치든 모용월야는 그에 맞춰서 전부 막아냈다.

'이… 이 괴물 같은 놈.'

"키키키키킥."

초식을 전부 막아낸 모용월야가 기괴하게 웃으며 걸어왔다.

최고의 초식을 단번에 막아내자 당황한 모용황은 저도 모르게 뒷걸음을 쳤다.

한순간에 기세에서 밀리고 말았다.

"으으."

"안 보여주는 거야?"

모용월야가 갑자기 시무룩한 표정을 지었다.

감정 변화가 다채로워 무슨 생각을 하는지 읽기 힘들 정도였다.

아무리 뛰어난 재능을 지닌 모용황이었지만, 이런 상대와의 대련 경험이 없다 보니 당황스러울 만도 했다.

"똑바로 정신 차리지 못해!"

"헉!"

건곤검해를 펼칠 때만 하더라도 흐뭇해하던 모용강이 화가 나서 소리 질렀다.

이에 겁을 먹고 물러섰던 모용황이 일갈에 정신을 차렸다.

"강이 자네, 크흠."

대련 도중에 끼어드는 것은 무림의 법도에 어긋난 행위였다.

이를 지적을 하려 했던 모용철은 이내 그만두었다.

각 문파의 인재들이 보는 앞에서 아들의 나약한 모습을 보였으니 자존심에 금이 갈 만도 했다. 물론 같은 세가 사람이 아니라면 단번에 제지했을 것이다.

"보여줄 것 없어? 진짜 없어?"

시무룩한 표정을 지었던 모용월야가 보채듯이 물었다.

아버지의 일갈에 정신 차린 모용황이었지만 어떻게 해야 그를 쓰러뜨릴지 난감하기만 했다. 천재라고 받들어졌던 그는 자신만만해하던 건곤검해의 초식들이 쉽게 막혀 버리자 자신 감을 잃고 말았다.

"젠장!"

"보여줄 것⋯ 없는 거야?"

그때 모용월야의 표정이 갑자기 이질적으로 바뀌었다.

그것은 너무나도 검고 어두웠다.

"보여줄 것 없으면, 그럼 있잖아. 속에 든 내장이라도 보여 줘, 키킥."

"⋯⋯!!!"

모용월야의 괴기스러운 발언에 연무장 내에 있던 사람들의 얼굴이 한순간에 굳어버렸다.

대련에서 나올 법한 말이 아니었다.

물론 같은 세가 내의 사촌 형제지간에 나올 말도 아니었다.

"이런⋯⋯."

모용월야의 돌발 발언에 모용철이 아찔했는지 자신의 이마를 짚으며 당혹스러워했다.

최근에 들어 조용했던지라 별일이 있겠냐고 생각했는데 결국 도져 버렸다.

모용철의 귓가로 모용강의 전음이 들려왔다.

[형님⋯ 저놈, 또 미쳤습니다.]

그랬다.

모용세가의 숨겨진 비밀.

가주의 아들인 모용월야는 미쳤다.

*   *   *

오대세가 중에서 무공으로는 남궁세가와 앞다툰다는 모용세가.

십 년 전부터 모용세가의 한 천재를 두고 북무림에 소문이 자자했었다.

투신이라 불리는 북호투황이 그 천재를 두고, 차후에 오황이 될 자질을 지니고 있다는 평을 했다고 할 정도였다.

제대로만 성장한다면 미래의 오황이 보장된 유망주였다.

그리고 십 년 후.

"내장을 보여줘, 키킥."

"지, 지금 무슨 헛소리하는 거야!"

지금 모용월야의 상태는 광기, 그 자체라고 할 수 있었다.

핏줄이 선 눈을 부릅뜨고 고개를 삐딱하니 젖혀서, 모용황을 위아래로 훑어보는 모습은 누가 보아도 섬뜩하기 짝이 없었다.

"보여 달라니깐!"

"오, 오지마!"

모용월야가 한 걸음씩 걸어올 때마다, 모용황은 심장이 터질 것만 같았다.

모용세가 내에서 모용월야의 이런 상태는 유명했다.

감정 기복이 들쭉날쭉하고 그것이 최고조에 달하면 무슨 짓을 저지를지 몰랐다.

소가주인 데다 오황이 될 자질을 지녔다는 월야를 포기할 수 없었던 모용세가에서는 특단의 조치로 약선을 초빙해서 치료를 맡겼었다.

다행스럽게도 약선이 제조한 약을 복용한 후부터 근 삼 년간 심하게 발작하는 일은 없었다. 단지 여전히 독특한 행동을 했지만 특별히 문제 될 소지는 없었다.

'하필 왜 나랑 겨루는 데 이렇게 된 거야!'

모용황와 입장에서는 미치고 팔짝 뛸 노릇이었다.

초조해진 모용황은 대련을 중지시켜 주길 바랐는데, 아무런 제지가 없었다.

그런 그에게 모용강의 전음성이 들려왔다.

[황아, 애비 쪽을 쳐다보지 말거라.]

[아버님, 대련을 중단시켜 주십시오! 이 녀석, 완전히 미쳤습니다!]

[지금 당장 중지시키기엔 보는 눈이 많다.]

[그렇다고 하여도…….]

[무른 소리 하지 말거라! 네가 월야를 제압해야 한다. 그래야 무림맹에 차출될 수 있고, 이 애비의 위신도 설 수 있다. 지금 포기하면 넌 그걸로 끝이야!]

모용강의 단호한 전음에 모용황의 낯빛이 어두워졌다.

아버지인 모용강의 말대로 여기서 대련을 중지시키면 월야가 미친 것을 떠나서 망신만 당한 채로 끝나고 만다.

[황이가 위험할 수도 있네. 정말 괜찮겠나?]

[저는 제 아들을 믿습니다. 그러니 형님도 대련을 멈추게 하지 마십시오!]

[흐음.]

모용세가에서 누구보다도 자존심이 강한 모용강이었다.

각 문파의 인재들이 보는 한가운데서 이런 식으로 중지시키는 것은 그의 자존심이 용납하지 않았다. 차라리 부상을 입더라도 강행하길 원했다.

반대로 모용철은 월야의 상태를 생각해 대련을 당장 중지시키고 싶었지만, 아버지이기 이전에 그는 한 세가의 가주였다.

세가의 위신을 생각한다면, 차라리 모용황이 월야를 제압해 주는 것이 그나마 좋은 그림으로 마무리 지을 수 있다.

[만약 사태가 더 커지면 네가 나서서 중단시켜야 한다.]

[알겠습니다.]

허락은 해줬지만 불길한 마음은 어쩔 수가 없었다.

그때 천천히 발걸음을 옮기던 모용월야가 갑자기 모용황을 향해 달려들어 목검을 휘둘렀다.

초식이라기보다는 단순히 제멋대로 휘두르는 것 같았다.

이를 짐작한 모용황도 목검에 내공을 실어 그것을 막아내려 했다.

뽀각!

"헉!"

하지만 오산이었다.

모용황이 들고 있던 목검이 순식간에 두 동강 나고 말았다.

모용황이 들고 있는 목검이 훨씬 두껍고 길이가 긴 데도 불구하고 너무 쉽게 부러졌다.

'이 자식, 무슨 내공이!'

현저한 내공의 차이였다.

모용황은 어렸을 적부터 각종 영약을 통해 내공을 쌓았다.

그렇기에 어지간한 또래들에 비해 내공 수위가 높았는데, 모용월야는 그것을 넘어섰다.

주룩!

모용황의 입에서 피가 흘러나왔다.

목검이 부러지면서 모용황은 내상을 입고 말았다.

"키키킥, 이제 내장 보여줘!"

휘릭!

"이 미친놈이!"

모용월야의 손이 그의 복부 쪽을 향했다. 정말로 내장을 볼 기세였다.

목검을 잃었지만 검법만을 익힌 모용황이 아니었다.

검법의 성취가 제일 뛰어났지만, 다음으로 자신 있는 것이 퇴법이었다.

오른발을 위로 차올려 월야의 손을 쳐내려 했다.

콱! 우득!

그 순간 복부를 노리던 월야의 손이 뱀처럼 휘었다.

차올리려는 모용황의 발을 무섭게 낚아채더니, 이내 발목을 이빨로 물어뜯어 버렸다.

"끄아아아아아아악!"

모용황이 미친 듯이 소리를 지르며 연무장 바닥을 데굴데굴 뒹굴었다.

우려했던 사태가 발생하고 말았다.

발목의 살점이 한 움큼 이빨로 뜯겨 버리자 그 부위에서 피가 솟구쳤다.

우물우물!

"퉤! 맛없어."

살점을 씹어 뱉어낸 모용월야의 입가는 피범벅이 되었다.

그 모습이 너무 소름끼쳐 보는 이로 하여금 눈살을 찌푸리게 만들었다.

일이 이렇게까지 악화되고 나니 좌중의 웅성거리는 소리가 커졌다.

"모용 가주님, 대련을 멈추셔야 하는 것이 아닙니까?"

아까부터 뭔가 이상한 낌새는 느꼈지만 사태를 관망하던 문율이 결국 입을 열었다.

모용월야의 상태는 누가 보아도 위험해 보였다.

"제 못난 자식이 문 대협과 설 소저에게 못 보일 꼴을 보였군요."

가주 모용철이 문율과 설유라를 향해 포권을 취하며 괜한 결례를 보였다는 말과 함께 모용강을 쳐다보았다.

얼른 사태를 수습하라는 눈빛을 담아서 말이다.

으드득!

이를 가는 소리가 옆 사람들이 전부 들릴 정도였다.

많은 문파의 인재들 앞에서 자존심이 상한 것도 모자라 아들의 발목이 물어뜯겼으니 화가 머리끝까지 나는 것이 당연했다.

본인이 우겨서 강행한 것이었기에 응당 책임을 져야 했다.

"당장 중지시키겠습니다."

그렇게 말을 한 모용강이 화가 난 얼굴로 연무장 한가운데로 성큼성큼 들어갔다.

절정의 고수인 모용강이 나섰으니, 아무리 모용월야가 폭주했다고 하더라도 수습이 될 것이라 여겼다.

그러던 찰나였다.

끼이이이익!

추위에 굳게 닫혀 있던 실내 연무장의 문이 열렸다.

문이 열리면서 차가운 바람이 실내 연무장으로 스며들었으나 좌중의 시선은 여전히 모용월야에게로 집중되어 있었기에 아무도 그것을 알아채지 못했다.

열린 문으로 누군가 걸어 들어왔다.

뚜벅!

누구도 의식하지 못할 만한 작은 발소리였다.

그 순간, 모용철과 문율의 표정이 바뀌었다.

화경에 근접하고, 화경에 이른 그들은 타인의 기척을 읽어내는 것에 민감하다.

적어도 자신들보다 하수라면 더욱 그러했다.

'문을 열어서야 기척을 느꼈다.'

'고수다.'

모용세가 내에는 그들에 버금갈 만한 고수는 존재하지 않는다.

그런데 지금 문으로 들어오는 자는 그들조차 쉽게 감지하기 힘들 정도로 기를 잘 갈무리하고 있었다. 그렇기에 문을 열고 들어올 때까지 기척조차 느끼지 못했었다.

획!

그들의 시선이 동시에 그 누군가로 향했다.

검은색 무복 위에 털옷을 걸치고 있는 남자는 여유롭게 곰방대를 물고 있었다.

'사마영천?'

'아니, 저렇게 젊은 청년이라니?'

그는 다름 아닌 천마였다.

모용철과 문율은 서로 다른 의미에서 놀랄 수밖에 없었다.

고작 약관에 불과해 보이는 청년이 초절정의 경지를 넘어서 화경을 바라보는 자신에 육박할 정도의 고수일지도 모른다는 것.

두 달 전에는 그 기세가 사납고 거칠기 짝이 없었는데, 지금은 얼핏 겉보기만으로는 기를 가늠하기 힘들 정도로 갈무리되었다는 것이 놀라울 따름이었다.

'호오, 제법이군.'

천마 역시도 그들의 존재를 눈치챘다.

자신이 실내 연무장으로 들어서자마자 두 사람이 기감을 곤두세우는 걸 발견한 것이었다.

나름 기를 최대한 갈무리한 것이었는데, 곧바로 자신을 포착했다.

'아직 좀 더 수련이 필요하겠어.'

통상의 무림인들과 비교한다면 두 달 사이에 놀라운 성취를 거둔 천마였다.

하지만 그 본인의 원래의 경지가 선인의 반열에 들어 원영신을 단련하다 보니, 스스로의 성취가 더디다고 느끼는 것도 당연했다.

웅성웅성!

그때 연무장의 한가운데서 뜻하지 않은 상황이 발생했다.

"월야! 이노오오오옴! 네놈이 정녕 제정신이 아니로구나."

화가 났지만 이목이 많아 최대한 자중하려 했던 모용강이었다.

하지만 눈앞에서 벌어진 일에 분노하지 않을 수가 없었다.

모용월야는 어느새 품속에서 단검을 꺼내 들어 모용황의 머리채를 붙잡고 복부 쪽을 겨누고 있었다. 정말 배를 가를 작정인 것 같았다.

'…단검은 대체 언제 챙긴 거야?'

'정말 사달 나는 거 아냐?'

'허어, 북무림 최고의 기재라고 했는데, 최고의 미친놈이네.'

지켜보는 각 문파의 인재들 역시도 갑작스러운 월야의 돌발 행동에 어느새 같이 안절부절못하고 있었다.

모용강이 대련을 중지시키려 연무장으로 걸어 들어가는 순간, 월야가 빠르게 바닥을 뒹구는 모용황을 잡은 것이었다.

"강 숙부님, 배를 가르면 내장은 어떻게 생겼을까요? 키키키킥."

"네놈이 미쳤구나! 당장 그 단검을 내려놓지 못하겠느냐!"

"흐으으으음."

모용강의 다그침에도 월야는 고개를 삐딱하니 젖히고 알 수 없는 표정을 짓고 있었다.

말이 통할 상태가 아닌 듯했다.

월야가 생선 배를 가르듯이 단검으로 복부 쪽의 옷을 그었다.

"히이이익!"

옷이 갈라지고 살색 복부가 드러나자 모용황이 기겁을 했다.

온몸을 비틀어 반항하려 했으나, 단검의 손잡이 끝 부분으로 움직일 수 없도록 혈도까지 점했다.

"너, 이 미친 새끼. 지금 뭐 하……."

탁탁!

"읍읍읍!!!"

말도 하지 못하게 아혈도 점해졌다.

정말 미친 것이 맞는지 구분 가지 않을 정도였다.

꽈아아악!

"읍읍읍읍읍읍!!!"

태어나면서 한 번도 머리채를 붙잡힌 적이 없었는데 지금 처음 알았다.

머리채를 잡히면 굉장히 고통스럽다는 것을 말이다.

"이노오오옴!"

결국 화가 머리끝까지 차오른 모용강이 허리춤에 차고 있던 검을 빼 들고, 모용월야를 향해 신형을 날렸다.

상황을 어지럽힌 것도 모자라 아들을 위협했으니, 조카고 뭐고 간에 피를 보지 않으면 분이 풀리지 않을 것 같았다.

푹!

"읍읍읍!"

"이, 이 녀석이!"

모용강은 모용세가에서 가주인 모용철을 제외하면 두 번째 가는 검의 고수였다.

한 치의 오차 없이 검으로 단숨에 모용월야를 찌르려 했다.

그런데 어이없게도 검에 찔린 것은 모용황이었다.

모용월야가 머리채를 잡고 들어 올려 모용황을 방패 삼았던 것이다.

"내 아들을 감히!"

"키킥, 제가 찌른 게 아닌데요!"

할짝!

약을 올리기라도 하는 듯이 모용월야가 모용황의 왼쪽 가슴 위에 꽂힌 검을 혀로 핥았다.

소름 끼치는 모용월야의 기이한 행동에 모용강은 순간 할 말을 잃고 말았다.

댕그랑!

"너, 너 지금 무얼 하는 게냐?"

모용월야가 단검을 바닥에 내팽개치고, 모용강의 검의 중간을 맨손으로 꽉 잡았다.

날카로운 날이 서 있는 것을 맨손으로 잡았으니 멀쩡할 리가 만무했다.

쥐고 있는 손에서 피가 흘러내렸다.

꾸우우욱! 푸욱!

"끄아아아악!!!"

"이, 이놈이!"

검을 쥔 모용월야가 힘을 주어서 그것을 잡아당겼다.

덕분에 모용황의 가슴에 꽂힌 검이 더욱 살을 파고들어 갔다.

당황한 모용강이 내공을 끌어 올려 반대로 끌어당기려 했다.

"아니? 이 녀석……!"

한데 지켜보는 눈이 너무 많아 차마 자존심에 뒷말을 잇지 못했다.

월야의 내공이 절정 고수인 자신 못지않았다.

당연히 끌어당겨 졌어야 했는데, 전혀 꿈쩍도 하지 않았다.

뚝뚝!

월야의 손을 타고 흐르던 핏방울이 바닥으로 떨어졌다.

자신은 손잡이를 잡고 있었고, 월야는 검날을 맨손으로 잡고 있었다.

스스로에게도 고통을 주는 행동이었다.

"월야! 당장 그, 그만두지 못하겠느냐! 네 사촌 형을 죽일 셈이냐?"

"헤에?"

성미가 급하고 자존심이 강한 모용강이었지만, 조금만 더 힘을 주면 아들 모용황이 죽는다.

목소리는 다급하게 다그쳤지만 어느새 부탁조가 되어 있다.

바로 그때였다.

짝짝짝!

누군가 박수를 치면서 연무장의 가운데로 걸어 나왔다.

사람들의 이목이 한순간에 그에게로 집중되었다.

흑색 무복을 입고 털옷을 걸친 강인한 인상의 청년이 곰방대를 물고 나타났다.

다들 이렇게 눈에 띄는 자가 언제 실내 연무장에 들어온 것인지 서로 의아한 눈치로 쳐다보았다.

'사마 공자?'

이때까지 모용월야의 미친 행동을 냉정한 눈으로 바라보던 설유라가 갑작스러운 천마의 등장에 눈에 이채를 띠었다.

제멋대로일 것 같은 이 남자가 과연 모용세가로 올까 반신반의했는데, 나타난 것이었다.

'대체 무슨 생각인 거지?'

모용세가 내에서 공개적으로 보이는 대련 자리였다.

무림에서도 법도라는 것이 있다.

설사 대련이 엉망이 되었다고 해도, 타인이 중간에 끼어든다면 주최 측인 모용세가를 모독하는 행위가 되어버리고 만다.

그렇기에 검문과 타 문파의 사람들이 모용월야가 이상행동에 인상을 찌푸릴 상황임에도 가만히 지켜만 보고 있는 것이기도 했다.

"이런 돈 주고도 못 볼 구경거리를 보여줘서 너무 고마운걸."

"이… 이보게… 자네가 간섭할… 문제가 아니니 물러서게!"

가까이 다가오는 천마에게 모용강이 경고했다.

모용월야와 검 하나를 두고 내공을 겨루는 도중이었기 때

문에 말을 하는 것도 버거운 상태였다. 가히 자존심 하나만큼
은 대단하다고 할 수 있었다.

"물러나? 우습군. 그런데 내가 이 계집한테 볼일이 있어서
말이지."

"뭣?"

탁!

천마가 자연스럽게 걸어오더니 모용월야의 목덜미를 잡아
서 들어 올렸다.

덕분에 팽팽하게 유지되던 내공의 반동을 그대로 맞은 모
용강은 내상을 입었는지 입에서 피를 뿜었다.

"푸흑!"

내상을 입든지 말든지 천마는 전혀 그것을 개의치 않았다.

갑작스럽게 자신의 목덜미를 잡힌 모용월야는 눈을 동그랗
게 떴다.

"지금… 뭐 하는 거죠?"

목덜미가 붙잡힌 모용월야는 대롱대롱 매달려서 고개를 삐
딱하게 젖히며 물었다.

지금까지 무슨 생각을 하는지 알 수 없었지만 눈을 이리저
리 굴리는 것을 보아하니 현저하게 기분이 나쁘다는 것을 알
수 있었다.

"눈알 굴리는 게 보기 흉하구나, 계집아."

겉보기만 봐서는 모용월야는 가녀린 여성처럼 보이기도 했다.

스물셋 먹은 청년과는 거리가 멀었다.

"누가 계집이라는 거죠?"

"여성이라는 부드러운 표현을 원하는 거냐?"

"…남자입니다만."

"남자?"

이에 천마가 의아한 표정을 지으며 잠시 모용월야를 위아래로 훑어보았다.

그 순간 모용월야가 손을 뻗자, 바닥에 있던 단검이 손으로 빨려 들어왔다.

"위험해요!"

천마를 유심히 바라보던 설유라가 놀라서 다급히 소리쳤다.

물론 그 순간 문율의 표정이 묘하게 굳어버렸다.

내공으로 단검을 회수한 월야가 자신의 목덜미를 잡고 있는 손을 향해 휘둘렀다.

댕강!

"어… 라?"

단검이 부러졌다.

만약 왼팔이었다면 천마가 손을 놓았겠지만, 아쉽게도 목덜미를 잡고 있는 손은 북호투황의 금강불괴에 버금가는 오른팔이었다.

이를 베려면 뛰어난 보검이나 검에 강기(强氣)를 실어야 한다.

"말도 안 돼! …그, 금강불괴라도 된단 말인가?"

정작 모용월야보다도 모용강이 더 놀라워했다.

순식간에 벌어진 일이었기에 내공으로 몸을 보호할 수 있는 상태도 아니었다.

설사 내공으로 보호했어도 단검이 부러질 리가 없었다.

"미친 줄만 알았는데, 제법 머리도 굴리는구나?"

천마가 이죽이며 말했다.

보통 무림인들이라면 당황해서 어쩔 줄 몰라 했을 것이다.

그런데 월야는 확실히 미친 것이 틀림없었다.

부러진 단검의 손잡이를 버리고, 손가락으로 그의 오른손을 가리키며 히죽거리며 말했다.

"헤에… 부러졌네? 엄청 단단하네요, 그 손?"

"웃어? 뭘 잘했다고 쪼개?"

"예?"

쾅!

모용월야가 뭐라고 답변하기도 전에 천마는 목덜미를 잡은 상태로 연무장 바닥에 그를 내리꽂아 버렸다. 어찌나 세게 내리꽂았는지 연무장의 돌바닥이 갈라지며 균열이 생겼다.

바닥에 내리꽂힌 모용월야의 입에서 허파에 바람이 빠진 소리가 흘러나왔다.

하지만 소름 돋게도 여전히 월야는 히죽거리고 있었다.

"미친 새끼, 아직도 쪼개네?"

퍽!

"컥!"

인정사정없었다.

천마는 바닥에 대자로 뻗은 모용월야의 턱을 냅다 차버렸다.

상식을 벗어난 천마의 과격한 행동에 연무장에 있는 모든 사람이 어이없다는 표정을 지었다.

모용월야만 보았을 때 이런 미친놈을 누가 감당할 수 있을까 싶었는데, 그 장본인이 바로 눈앞에 있었다.

19장
미친놈, 위험한 놈

문율의 시선은 연무장에서 대련을 하는 모용월야와 모용가주를 교차해서 주시하고 있었다.

모용철은 모용월야에 대한 걱정으로 의식하지 못했지만, 문율은 월야가 발작해서 미친 행동을 하기 전부터 그의 반응을 지켜보고 있었다.

모용월야가 발작을 했음에도 모용철은 대련을 중지시키지 못했다.

세가의 가주라는 직책이 발목을 잡고 있는 것이었다.

'후후후.'

문율이 속으로 웃었다.

내색은 하지 않고 있었지만 모용철의 반응은 문율이 예상한 방향으로 가고 있었다.

'자식을 지극히 생각하면서도 가주로서의 선을 지키다니. 정보대로구나.'

검하칠위 중에서 상당한 수준의 정보 조직을 가진 자는 단 두 명뿐이었는데 그중 하나가 바로 문율이었다.

그가 가진 금보상이라는 정보 조직은 북무림에서 꽤 큰 규모의 상단이다.

"모용가주가 비록 자식을 아끼는 마음이 지극하다고는 하나, 가주로서의 책임감이 강한 자입니다. 삼 년 전, 약선의 약이 효험 있지 않았다면 진즉에 소가주로 포기했을 장자가 모용월야죠. 만약 이번에도 발작을 한다면 더 이상 아들을 비호하지 못하고 과감하게 정리할 겁니다."

금보상의 상주가 그에게 알린 정보였다.

문율의 목적은 모용월야였다.

비록 검문의 위명 아래에 있다고는 하나, 검하칠위라 불리는 일곱 무인은 그 무위를 비롯해 세력까지도 중원에 미치는 영향력이 작지 않다.

그런 검하칠위의 일인인 문율이 아무리 검황의 제자라고는 하나, 설유라의 호위를 맡은 데는 이유가 있었다.

'죽은 북호투황이 차기 오황이 될 재목이라고 했다지, 후후후.'

문율은 야망이 큰 사내였다.

언제까지 검하칠위의 사 석으로 남아 있을 생각은 없었다.

그는 성장 가능성이 큰 인재를 원했다.

그렇기에 검황의 부탁을 마지못해 받는 시늉을 해가며 북무림을 돌았다.

어차피 무림일통 전쟁에 활용되고 버려질 패라면, 그중에 뛰어난 자들을 자신의 심복으로 만들고 세력을 불려 나가는 데 도움이 되리라는 것이 그의 계략이었다.

'고작 하루 정도 약을 복용하지 못했는데, 저리 될 정도라니 확실히 상태가 심각하긴 하구나.'

갑작스럽게 발작한 모용월야의 상태는 의도된 것이었다.

문율은 사전에 모용월야의 약을 바꿔치기했다.

문율이 의도한 대로 모용월야는 발작을 일으켰고, 문파의 인재들이 보는 공개적인 자리에서 스스로 미쳤다는 것을 인증해 보였다.

'후후, 이제 공개적으로 아들을 내치시지요.'

아무리 정신적으로 불안한 모용월야라고 해도 공개적인 자리에서 자신을 내친다면 모용세가에 불만을 가지게 될 것이다.

'이를 어찌한단 말인가. 어제까지만 멀쩡했던 녀석이 어찌!'

모용철은 눈을 감고 속으로 탄식을 했다.

모용철은 가주로서 모용세가와 연나라의 부흥을 꿈꾸는 자였다.

현명했고 책임감을 가지고 있는 그였기에, 군이 자신의 아들인 모용월야만이 무조건 잘되어야 한다는 생각은 없었다.

삼 년 전부터 많이 호전되었다고는 하나, 여전히 모용월야의 상태는 불안했다.

차라리 모용강의 장남인 모용황이 차출되어서 검문과 좋은 연을 맺는 편이 나을 것이라 여겼다.

마침 부가주 무용강은 아들을 검황의 여제자와 맺어주기 위한 욕심이 강했기에 자연스레 양보할 생각이었다.

"월야야, 내일 있을 대련에 무리하지 말고, 네가 양보하도록 하거라."

"…네에."

어제 저녁, 그는 모용월야를 불러 당부했다.

창백한 얼굴에 손톱을 물어뜯기는 했으나, 평소에도 그 정도였기에 안심했었다.

그러나 이제는 되돌리기 힘들 정도로 상황이 악화되고 말았다.

그렇게 숨겨왔는데, 각 문파의 젊은 인재들이 보는 앞에서 스스로 미쳤다는 것을 보이고 말았다. 아들을 떠나서 더 이상 모용월야를 소가주로 비호할 수가 없었다.

'정녕 고칠 수 없는 것이란 말인가, 하아.'

결국 모용철은 대련을 중지시킬 것을 모용강에게 명했다.

문율은 안타깝다는 식의 위로의 말을 건넸지만 속으로 쾌재를 질렀다.

그때 전혀 예상치 못한 일이 발생했다.

'사마영천?'

갑작스러운 천마의 등장은 문율을 놀라게 만들었다.

그를 원했던 문율이었지만, 고작 두 달 사이에 사마영천은 달라져 있었다.

화경의 고수인 그가 오십 장 가까이로 다가올 동안 기척을 감지하지 못했다.

'위험해.'

경각심을 가지게 되었다.

그 당시의 강한 정도가 문율에게는 한계였다.

이 정도 성장 속도라면 얼마 지나지 않아 화경에 오를 날이 멀지 않을 것이다.

'그래도 누굴 따를 성격은 아닌 것 같았는데, 이곳에 왔다는 것은.'

"후후후."

문율은 기분이 좋아졌다.

사마영천이 이곳에 왔다는 것은 자신의 제의를 긍정적으로 받아들였다는 의미라 여겼다.

이로써 모용월야와 사마영천 두 천재를 얻게 된다면, 머지않아 검하칠위의 사 석을 벗어날 수 있을 것이리라.

그러나.

과격하게 모용월야의 턱을 차버리는 천마를 보며 문율의 평정심이 깨져 버렸다.

되레 당황한 기색이 역력했다.

'이… 자가 지금 무슨 짓을?'

한 세가에서 공개적으로 보이는 대련 자리다.

중간에 개입해서 안 된다는 것은 모두가 아는 무림의 법도이다.

절정의 고수인 모용강조차도 버거워하는 모용월야를 아이 다루듯이 제압해 버렸다.

문제는 많은 이가 보는 앞에서, 그것도 모용세가 안에서 말이다.

'사마영천! 대체 무슨 짓이냐?'

놀란 문율이 옆에 서 있는 모용철의 심기를 살폈다.

부들부들!

아니나 다를까, 그 인내심이 강한 모용철이 온몸을 떨며 분노하고 있었다.

하지만 문율이 진정으로 불편한 것은 모용가주가 분노한 것보다도 명분을 주었다는 점이었다.

이 모든 것을 갑작스럽게 개입한 사마영천의 탓으로 돌릴 수 있는 명분이 생겼다.

'내 아들을 저렇게 만들다니! 감히…… 하지만 좋은 명분을 주었다.'

문율의 예상대로 모용철은 이 명분을 놓칠 생각 따윈 없었다.

여기서 자신이 화를 내면서 공분을 만들어야, 자연스럽게 공개 대련을 흐지부지하게 만들 수 있다.

"대체 누구이기에 감히……."

"모용 가주님."

"……?"

그때 설유라가 화를 내려 하는 가주 모용철을 불렀다.

아무리 분노한 모용철이었지만 검황의 제자가 부르는 것을 그저 무시할 순 없었다.

그는 심기 불편한 표정으로 답했다.

"무슨 일입니까? 설 소저."

"모용월야 공자의 상태가 좋지 않은 걸 왜 말씀하지 않으셨습니까?"

"그… 그건……."

허를 찌르는 설유라의 말에 모용철은 순간 당황하고 말았다.

이것은 문율 역시도 마찬가지였다.

설유라의 개입으로 다시 상황이 반전되었다.

공분을 만들려 했던 모용철이었지만, 한발 앞서 설유라가 모용월야의 상태를 짚고 들어가면서 이를 막은 것이었다.

"설마 인재로 월야 공자를 추천하려고 했던 것은 아니겠지요?"

"그럴 리가 있겠습니까! 그렇기에 공정하게 하기 위해서 대련 자리를……."

"공정함을 떠나서 상태가 좋지 않은 월야 공자를 내보낸 것이 문제지요."

"그것은… 크흠."

뭐라고 변명할 여지가 없었다.

아무 말을 하지 못하는 모용철에게 설유라가 조금은 부드러워진 목소리로 말했다.

"하지만 분명 월야 공자의 재능이 이곳에 있는 누구보다도 뛰어남은 부정할 수 없군요. 그렇지 않습니까, 문 대협?"

"그… 그렇지요."

부정할 수 없는 사실이기에 문율은 떨떠름하게 동의해 주었다.

하지만 속으로 씁쓸함을 지울 수 없었다.

문율은 바보가 아니었다.

'사마영천을 도와주다니… 우려했던 것이 터졌구나.'

방금 전에도 사마영천이 불시에 기습을 받는 것을 도와주려 했던 설유라다.

이제는 모용세가의 가주의 분노마저 피하게 도와준 셈이었다.

호감이 있다는 것은 알았지만 평소의 그녀답지 않은 행동은 문율의 심기를 거슬리게 만들었다.

바로 그때.

"사, 사마 공자?"

툭!

어느새 천마가 기절한 모용월야를 들고 가벼운 신형으로 그들의 앞에 당도했다.

자신의 아들을 짐짝 내려놓듯이 앞에다 갖다놓자, 모용철은 어이가 없다는 눈빛으로 천마에게 말했다.

"어디 출신인지는 모르나, 어찌 이리 무례한가!"

"무례 좋아하시네."

"아니! 이자가 정녕!"

천마가 바닥에 내려놓은 모용월야의 머리를 움켜잡더니 다시 들어 올렸다.

기절한 모용월야에게 대체 무슨 짓을 하려는 것일까.

결국 화를 이기지 못한 모용철이 일 장을 천마에게 날렸다.

이에 천마가 입꼬리를 올리며 동시에 일 장을 날렸다.

팍!

모용세가의 가주와 일 장을 부딪친 결과는 놀랍게도 백중지세였다.

실내 연무장으로 들어왔을 때부터 어느 정도 실력을 짐작하고 있었지만, 직접 맞부딪치고 나니 안색이 나빠지는 모용철이었다.

'고작 약관에 불과한 젊은이가 이런 공력을 지니다니!'

쩌적!

그들의 밟고 있는 발판에 균열이 갔다.

서로가 겨뤘던 내공의 파동이 발을 통해 바닥으로 흘러간 것이다.

문제는 발로만 흘러간 게 아니었다.

주르륵!

"이런!"

한 손으로 모용월야의 머리를 쥐고 있었기에 그 내공의 여파가 그에게까지 미쳤다.

기절해 있는 모용월야의 코와 입에서 피가 흘러내렸다.

당황한 모용철이 얼른 내공을 거둬들이며 맞부딪친 손을 뗐다.

'내공의 순환이 빠르군. 깨달음만 받쳐준다면 언제 화경에 올라도 이상하지 않아.'

입으로 내뱉진 않았지만 천마는 내심 모용철을 높게 평가했다.

수많은 무림인 중에 평생을 가도 절정의 경지에도 이르지 못하는 이가 많다.

하물며 화경의 경지는 더더욱 하늘의 별을 따는 것과 마찬가지였다.

"사마 공자, 이게 무슨 짓이죠?"

천마를 비호했던 설유라였지만 그녀 역시도 천마의 알 수 없는 행동에 이해하지 못하겠다는 투로 물었다.

"무슨 짓? 머릿속에 왜 이딴 걸 넣고 다니는 거지?"

"이딴 거라니?"

순간 천마의 손에서 새하얀 광채가 흘러나오며, 선기(仙氣)가

발현했다.

비록 천 년 동안 단련한 마기는 봉인되어 있지만, 원영신의 수련을 통해 선기는 여전히 지니고 있는 천마였다.

우우우웅!

선기의 영험한 기운이 흘러나오며, 모용월야의 머리를 감싸기 시작했다.

선도의 기운이 모용월야의 머리로 주입되자, 그가 갑자기 온몸을 부들부들 떨면서 경련을 일으켰다.

놀란 모용철이 소리쳤다.

"이게 무슨 짓인가! 다, 당장 멈추게!"

"아들을 구하고 싶다면 닥치고 지켜보시지."

"구하다니?"

천마가 손을 내밀어 다가오지 말라는 시늉과 함께 경고했다.

지금부터 간섭받게 되면 정말로 모용월야가 위험했다.

안절부절못하는 모용철에게 설유라가 고개를 저으며 일단 지켜보자고 했다.

고작 반각에 불과한 시간이었지만 선기를 주입하는 천마의 이마가 땀으로 흥건히 젖었다.

'젠장, 힘들군.'

원영신을 단련했다고 하나, 살아 있는 육신으로 선기를 발현하는 것은 어려운 일이었다.

인상을 찡그리며 집중하는 천마의 모습에 좌중이 조용해졌다.

처음에는 의구심이 들었던 모용철이었다.

하지만 그 정도 되는 고수가 이 정도로 힘들어하면서 열중하는 모습을 보이니 믿고 지켜보는 수밖에 없었다.

"잡았다. 빌어먹을 것이 버티긴."

천마가 의미심장한 목소리로 말했다.

"으아아아아!"

그때 모용월야가 소리를 지르며 고개를 하늘로 젖히고 눈을 번쩍 떴다.

모용월야의 눈에서 잠시 붉은 안광이 생겨나더니, 그의 머리에서 붉은빛의 기운이 빠져나와 허공으로 스며들 듯이 사라져 버렸다.

아주 잠시였지만 가까이에 있던 이들은 전부 느낄 수 있었다.

'소름끼치도록 음산하고 악한 기운이다.'

탁!

붉은 기운이 완전히 사라지자, 천마가 모용월야의 머리에서 손을 뗐다.

많은 심력과 체력을 소모했는지 천마가 몸을 비틀거렸다.

설유라가 비틀거리는 그를 부축하려 했지만, 천마가 손으로 가로막으며 거부했다.

'아아…….'

속으로 아쉬워했지만 설유라는 얼음 같은 표정으로 일관했다.

사실은 민망한 것도 있었다.

'방금 그건 뭐지?'

문율 역시도 허공으로 사라진 기운을 보면서 의아해했다.

한 번도 접해본 적이 없는 악한 기운이라는 것만큼은 확신할 수 있었다.

그저 정신 상태가 좋지 않은 것으로만 알고 있었는데, 사실은 그것이 아니라는 걸 알자 의문을 품게 되는 문율이었다.

"월야야."

"…제가 지금 여기서 뭘 하고 있는 거죠?"

놀랍게도 모용월야가 정신을 차렸다.

그는 전혀 영문을 모르겠다는 얼굴로 주위를 두리번거렸다.

모용월야는 어제부터 무슨 일이 있었는지 전혀 기억을 하지 못했다.

평소에는 얼굴이 굉장히 창백했는데, 어느새 혈색마저 돌아와 있었다. 누가 보아도 상태가 호전되었음을 알 수 있었다.

"고맙네. 어찌 된 것인지는 모르나 자네에게 빚을 졌네."

강직하고 은원에 있어 철저한 모용철은 아들이 도움받았음을 곧바로 인정했다.

그러고는 천마에게 포권을 하며 고개마저 숙였다.

"혹시 원하는 것이 있나?"

"…고맙다고 여긴다면 쉴 장소나 마련해 줬으면 좋겠군."

천마는 굉장히 피로해 보였다.

평범한 육신으로 선기를 써서 무리한 탓이었다. 억지로 버티고는 있었지만 당장에라도 숙면을 취하고 싶은 심경이었다.

천마의 말투가 신경 쓰였지만, 이내 쓴웃음을 보이며 알겠다고 했다.

[묻고 싶은 게 많네. 나중에 따로 대화를 나누고 싶네만.]

물론 알겠다는 말 뒤로는 전음을 보냈다.

피곤함이 몰려온 천마는 전음에 답을 하지 않고, 귀찮은 듯이 고개만을 끄덕였다.

'뭔가를 묻고 싶어도 듣는 귀가 많으니…….'

좌중의 사람들이 알 수 없는 상황에 의아한 표정으로 바라보고 있었다. 이에 궁금함을 잠시 묻어두는 모용철이었다.

공개 대련은 이렇게 흐지부지하게 막을 내렸다.

하지만 실내 연무장을 나서는 각파의 젊은 인재들의 눈빛이 바뀌어 있었다.

그들은 각파의 후계자이거나 가장 뛰어난 젊은 실력자였지만, 이곳을 벗어나는 발걸음에는 굴욕감과 시기라는 마음이 싹텄다.

*   *   *

어두운 공간.

벽면의 사이마다 촛불들이 밝히고 있었지만, 이 어둠을 밝히기에는 미약하다.

그 복판에는 한 검은 인영이 눈을 감고 명상을 취하고 있었다.

아른거리는 촛불이 그의 가슴까지 비추고 있어 얼굴이 보이진 않았다.

그때 벽면에 있던 촛불 중에 약하게 일렁이던 불씨 하나가 갑자기 바람에 날리듯이 심하게 일렁이더니, 그대로 꺼져 버리고 말았다.

그때 검은 인영이 감았던 눈을 번쩍하고 떴다.

음영이 가려진 어둠 사이로 두 개의 붉은 안광이 뚜렷하게 보였다.

짙은 죽음의 기운이 어두운 공간을 사로잡았다.

"어떤 촛불이냐?"

가라앉은 중압감이 담긴 목소리에 바닥에서 붉은 복면을 쓴 신형이 스륵 나타났다.

복면인은 검은 인영을 향해 오체투지를 했다.

검은 인영이 손을 들자, 복면인이 조심스럽게 일어나 벽면의 꺼진 촛불을 살펴보더니 말했다.

"혈매화(血梅花)입니다."

"혈매화?"

"팔 년 전 사라져서 찾지 못했던……"

"지금에 와서 소멸이 되었다? 누군가 손을 쓴 건가."

"아무래도 그런 것 같습니다."

"위험한 자로구나. 불가인가, 도가인가."

검은 인영의 같은 말을 반복하여 읊조렸다.

생각에 잠긴 듯 한동안 말이 없던 검은 인영이 입을 열었다.

"혈매화의 초가 꺼졌다는 것은 영신(靈神)이 드러났다는 것."

"……!!!"

"혈매화가 마지막으로 드러난 위치를 찾아라."

"알겠습니다!"

"그리고 누구의 짓인지 알아내라. 대계에 방해될 자이다."

"존명!"

그 말과 함께 붉은 복면인의 신형이 바닥으로 스르륵 녹아 드는 것처럼 사라졌다.

복면인이 사라지자, 검은 인영은 눈을 감으며 다시 명상에 잠겼다.

20장
모용세가의 비사

객실을 안내받은 천마는 들어오자마자 두 시진가량을 뻗어서 잠이 들었다.

육신으로 선기를 발현한 것은 처음이었기에 천마도 이렇게까지 체력이 소모될 것이라고는 예상하지 못했다.

내공을 소모했다면 운기조식이라도 했겠지만, 선기를 소모했기 때문에 쉬는 것 외에는 답이 없었다.

저녁 무렵이 되어서야 잠에서 깨어난 천마는 일어나자마자 곰방대를 물고 생각에 잠겼다.

원래 그의 목적은 모용세가의 일에 개입하는 것이 아니었다.

"그 이질감은 분명……"

천마는 아까 전의 선기로 인해 사라진 악한 기운을 떠올렸다.

원영신을 단련한 그는 모용월야를 본 순간부터 그것을 단번에 알아챘다.

그리고 그 악한 기운이 모용월야에게 미치는 영향을 파악했다.

"젠장."

타인을 위해 나서는 성격의 천마가 아니었지만, 선인이 되기 위해 수련했던 그였다.

그런 악한 기운이 사람에게 잠식하는 것을 가만히 두고 볼 수가 없었다.

물론 그것을 제거한 것만으로 이렇게 생각에 잠긴 건 아니었다.

"분명 혈마기의 기운이었다."

천마는 확신할 수 있었다.

아무리 많은 세월이 흘렀지만 혈교 특유의 기운은 잊을 수가 없다.

혈교의 무공과 주술을 익힌 자들은 혈마기(血魔氣)를 지닌다.

혈마기의 기운은 인간의 마음을 잠식하고 광기를 끌어내는 무서움을 가졌다.

"천 년 전, 뿌리째 뽑았을 텐데……."

적과의 싸움에서 후환을 남기지 않는 천마였다.

천 년 전에 혈교와 전쟁을 치르며, 살아 있는 것을 비롯해 모든 것을 남김없이 멸했다.

유일하게 혈교에서 전리품으로 가져온 것이 주술 서적들이었다.

그는 원래 그것들은 없애려 했으나, 훗날에 도움이 될지도 모른다는 제사장들의 간곡한 만류로 남겨놓았었다.

'그저 검문만으로 치부할 일이 아닌가.'

머릿속이 복잡해지는 천마였다.

그때 그의 객실 쪽으로 다가오는 기척이 느껴졌다.

보폭이나 기를 감지한 결과.

똑똑!

"사마 공자, 검문의 설유라예요. 들어가도 될까요?"

객실 문을 두드린 것은 다름 아닌 설유라였다.

그녀가 저녁 무렵에 천마가 쉬고 있는 객실을 찾은 이유는 무엇일까.

의아해진 천마였지만 일단 들어오라 말했다.

"응?"

문 앞에 서 있는 설유라의 양손에는 쟁반이 들려 있었고,

그 위에는 따끈한 김이 모락모락 올라오는 국수를 말아놓은 그릇 두 개가 놓여 있었다.

"아직 식사하지 않으셨죠?"

"…그렇긴 한데."

"그럼 같이 식사해요. 그렇지 않아도 저도 식사를 하려던 참이었는데, 마침 문 대협이 자리를 비워서 혼자 먹기 적적했 거든요."

"……."

설유라는 마치 외워온 대사처럼 보이게 딱딱하게 말을 해버 렸다.

사실 이 말을 하기 위해 그녀는 식당에서 이곳까지 걸어오 면서 끊임없이 연습했다.

나름 자연스럽게 하기 위해서 노력했지만 어색하기만 했다.

'부… 부자연스러웠나.'

문율이 자리를 비운 것은 맞다.

하지만 평소에도 이렇게 객실을 잡을 경우, 식사는 대개 따 로 한다.

'흠, 이 계집 무슨 생각인 거지?'

천마는 애초에 검문과 엮이고픈 마음이 없었다.

뜬금없이 식사를 하자고 국수를 들고 오니 뭔가 속셈이 있 나 의심이 갔다.

하지만 원영신을 열어 바라본 결과, 순수한 의도였다.

"흐음."

"안 되나요?"

천마가 내키지 않아 보이자 그녀가 물었다.

설유라는 입술을 살짝 내밀고, 얼굴이 붉어져서 약간 뾰로통한 기색을 보였다.

그녀를 아는 다른 사람들이 보았다면 놀랐을 것이다.

그녀는 평소의 자신과 다르게 나름 관심을 표했는데, 상대는 거들떠보지도 않으니 실망했다.

'이 계집 설마…….'

천마는 바보가 아니었다.

설유라의 붉어지는 얼굴을 보는 순간, 호감을 알아챘다.

의식하지 않아도 그녀의 심장이 쿵쾅쿵쾅 뛰는 소리가 빨라지는 것을 느꼈다.

'…당황스럽군.'

설유라의 미묘한 감정을 알아챈 천마는 난감함을 금치 못했다.

얼굴을 붉히고 있는 그녀의 모습은 너무도 아름다웠다.

여느 남성들이라면 설유라의 이런 매력에 넘어가지 않을 수가 없을 것이다.

'검문… 검문… 검문.'

다른 누구도 아닌 그녀는 검문의 제자였다.

누군가가 자신을 좋아해 주는 감정보다 천 년의 기다림을 무너뜨린 검문이라는 벽이 천마의 마음을 메마르게 만들었다.

잠시 말없이 그녀를 바라보던 천마가 이내 입을 뗐다.

"국수."

천마가 그녀가 가지고 온 국수 한 그릇을 들었다.

그리고 그것을 들어 보이며 말했다.

"잘 먹으마."

"아……."

"돌아가라."

그 말과 함께 천마가 객실 문을 닫았다.

냉담한 천마의 한 마디에 설유라는 문 앞에서 한동안 입을 떼지 못하고 서 있어야 했다.

한참이 지나서야 사라지는 그녀의 기척을 느끼며 천마는 한숨을 내쉬었다.

설유라가 들고 있던 쟁반 위의 국수는 추운 날씨에 식어버려 어느새 김이 피어오르지 않았다.

힘없는 발걸음으로 자신의 객실 문을 열려는 설유라를 누군가 불렀다.

"아가씨."

"문 대협?"

그는 문율이었다.

항상 그녀에게 웃는 낯이었지만, 지금 문율의 표정은 삭막하기만 했다.

이에 이상함을 느낀 설유라가 물었다.

"무슨 일인가요?"

"어디에 다녀오시는 길입니까?"

"제가 그런 사소한 것까지 일일이 문 대협께 보고 드려야 하나요?"

그렇지 않아도 심기가 많이 불편했던 설유라다.

문율이 마치 자신을 추궁하듯이 묻는 것같이 느껴지자, 더욱 기분이 나빠졌다.

"…아닙니다. 인사차 여쭤본 겁니다."

사실 문율은 설유라가 어디에 다녀왔는지 짐작하고 있었다.

그래서 쓴 충고를 하려 했었지만, 뭔가 잘 풀리지 않았는지 크게 상심한 그녀를 보고 나니 그럴 필요가 없다는 생각이 들었다.

"알겠어요. 전 피곤하네요. 이만 들어가겠습니다."

"그러시죠."

방으로 들어가는 그녀를 묘한 눈으로 바라보던 문율은 이내 어딘가로 사라져 버렸다.

한편 그녀가 떠나간 후, 천마는 어느새 국수 그릇을 비우고 곰방대의 담배를 피우고 있었다.

비어진 국수 그릇을 설유라가 보았다면 마음이 한결 편하겠지만, 그녀는 이미 자신의 객실로 돌아간 지 오래였다.

찌릿!

순간 자극적인 기운이 느껴졌다.

그것은 기(氣)였다.

자신을 자극시키는 기에 천마가 눈썹을 추켜세웠다.

이것은 타인이 느낄 수 있는 것이 아니라 유일하게 자신에게만 보내는 기운이었다.

"재미있군, 크큭."

도발이라 판단한 천마는 기를 추적했다.

그를 자극시키는 기를 따라 도착한 곳은 모용세가의 실내 연무장이었다.

연무장을 유일하게 밝히고 있는 것은 단 하나의 횃불뿐이었다.

"나를 불렀나?"

"자네와의 시간을 가지고 싶었네. 낮에는 여유가 없었지 않나."

일렁이는 횃불 앞에 서 있는 한 중년의 남자가 있었다.

그는 바로 모용세가의 가주 모용철이었다.

낮에는 정기가 넘치는 가주의 모습을 하고 있었던 모용철이었지만, 지금 그의 얼굴은 호승심이 가득한 무인이 되어 있었다.

"흠, 말로 할 대화는 아닌가 본데?"

"무인이 무슨 말이 필요하겠나!"

모용철은 짧은 외침과 함께 천마에게로 신형을 날렸다.

신형을 날리면서 모용철이 손을 뻗자 연무장의 무기 진열대에 꽂혀 있던 진검이 빨려 들어왔다.

검을 들은 모용철이 뛰어올라 천마보다 높은 허공에서 초식을 펼쳤다.

"호오."

검초가 마치 촘촘한 망처럼 사방을 가두듯이 눌러 내렸다.

이것은 무용세가의 건곤검해의 건곤식일(乾坤熄日)이라는 초식이었다.

조카인 모용황이 펼치는 것과는 비교가 되지 않는 위력이었다.

'이제야 제법 검사다운 녀석을 상대하는군.'

현세로 돌아온 후에 처음 겪는 수준 높은 검초였다.

날카로운 검기로 뒤덮인 초식은 맨손으로 막기에 굉장히 위험했다.

천마가 바닥을 향해 진각을 밟았다.

쾅!

진각을 밟자 연무장 바닥의 흙모래가 산개하듯이 위로 튕겨져 나왔다.

흙모래의 알갱이들에 내공이 실려서 튀어 오르며 건곤식일의 검초와 부딪쳤다.

탕탕탕!

하지만 그것은 임시방편에 불과했다.

화경에 근접한 초절정 고수가 펼치는 초식에 모래 알갱이들은 초식의 검기에 막혀 산화하듯이 부서졌다.

하지만 천마가 보법을 펼치며 건곤식일의 범위에서 피할 수 있는 틈은 만들어냈다.

"오라!"

검초에서 벗어난 천마가 손을 뻗자, 무기대에 있던 진검 중 하나가 그의 손으로 빨려 들어왔다. 검을 드는 천마를 보며 모용철의 얼굴에 희열로 차올랐다.

검과 검이 부딪쳤다.

챙!

검기와 검기가 상충하며 그들의 주위로 연무장 바닥에 검흔들이 생겨났다.

검을 맞닿은 상태에서 모용철이 감탄스럽다는 듯이 말했다.

"대단해! 역시 예상대로 자넨 본 가주 못지않은 고수였어."

"못지않아? 착각이 심하군."

"뭣?"

천마가 내공을 끌어 올려 검에 주입하자 강한 반탄력이 생겨나며 모용철의 몸이 순간 뒤로 밀려났다. 모용철이 두 눈을 크게 뜨고 놀라워했다.

'이 반탄력은 뭐지?'

갑작스러운 반탄력에 놀랐지만 이내 천마의 머리, 가슴, 복부의 요혈로 삼단 찌르기를 가했다. 하지만 천마의 신형은 어느새 그의 뒤로 가 있었다.

"기본기가 탄탄하군."

"자네야말로 빠르기 그지없어!"

모용철이 검을 틀어 빠르게 회전을 하며 검초로 검망을 펼쳐 몸에 둘렀다.

건곤검해는 공격적일 때보다 방어적인 초식에서 그 진가를 드러낸다.

천마의 회전하는 촘촘한 검망 사이로 검초를 날렸다.

챙챙챙!

모용철의 검망과 천마의 검이 부딪치며 쇳소리가 연무장에 울려 퍼졌다.

모용철의 안색이 나빠졌다.

건곤검해의 초식 중에서 검망이 제일 치밀한 방어 초식을 펼쳤는데, 그 찰나의 틈새로 천마의 검이 자신의 요혈들을 노렸다.

'대체 이 검법은 무엇이란 말인가.'

모용철은 이십 년이 넘게 무림을 종횡했지만 이런 검법을 본 적이 없었다.

초식을 이루는 식 하나하나가 무서울 정도로 공격적이었다.

건곤의 무리를 바탕으로 해서 방어적으로 초식을 펼치면 검의 명가인 화산파나 무당파의 검수들조차도 뚫기 힘들어하는데, 이자는 매의 눈처럼 초식의 허점을 간파하고 있었다.

푹!

"큭!"

모용철이 신형을 틀어서 피해보려 했으나, 천마의 검이 그의 쇄골 위를 찔렀다.

내가 고수들이 격전에서 방심해선 안 되는 것은 바로 이 때문이다.

일 초라도 제대로 적중된다면 찔린 부위로 상대의 검기도 같이 파고든다는 점이었다.

"쿨럭!"

모용철의 입에서 선혈이 솟구쳤다.

상처로 파고드는 검기를 몰아내기 위해 내공을 끌어 올리자 천마는 그 틈을 놓치지 않았다.

번개처럼 천마의 검이 모용철의 목에 닿았다.

조금만 힘을 주면 목을 꿰뚫을 수 있는 위치였다.

"쿨럭… 어이가 없어서 말도 안 나오는군."

모용철은 허탈한 표정으로 자신의 목에 닿은 검을 바라보았다.

분명 검을 맞닿았을 때 무공의 경지나 내력 면에서는 비등하다는 것을 알았다.

그런데 이렇게 졌다는 것은 압도적인 초식의 운용 차이였다.

'내공은 기연으로 그렇다 쳐도 경험이 다를 터인데.'

검을 다루는 실력이 너무 능숙했다.

가장 이해가 가지 않는 점은 검의(劍意)가 뚜렷하게 느껴지는 것이었다.

마치 오랜 무림 경험을 가진 노고수나 가질 법한 감정이 검을 섞으면서 느껴졌다.

하지만 진 것은 진 것이었다.

"쿨럭, 패자는 유구무언이지."

"아니 다행이군."

"크흠."

'말투하고는. 젊은 친구가 겸손함이 부족하구나.'

한 세가의 가주가 되어서 말투가 어떻다느니 따지는 것도 우스운지라 모용철은 아무 말도 하지 않았다.

나이를 떠나서 초절정을 넘어선 후로 모용철은 그 자신에 버금가는 고수를 만나기가 힘들었다. 더군다나 한 세가의 가주를 맡은 후로 자유롭게 검을 휘두를 기회조차 적어졌다.

오랜만에 무림인으로서의 호승심을 불태운 모용철은 만족했다.

"다른 것은 모르겠네만 자네에게 묻고 싶은 것이 있네."

"......?"

"내 아들에게서 사라졌던 그 악한 기운은 무엇인가?"

모용철은 낮에 있었던 일을 떠올렸다.

그 당시에도 묻고 싶었지만 듣는 귀가 많았기에 자제했었다.

아직도 모용월야에게서 빠져나가는 오싹한 악한 기운을 잊을 수가 없었다.

"살면서 그런 악한 기운을 느껴본 적이 없네. 마치 그것은......"

"광기, 그 자체지."

"맞네. 그것은 광기에 가까운 악함이었네!"

그 악한 기운에 대해서 뭐라고 정의해야 할지 몰랐던 모용철이 동의했다.

광기라는 표현이 가장 어울렸다.

"혹시 혈교에 대해서 알고 있나?"

"혈교? 그건… 오래전 무림의 전설이 아닌가?"

"전설이라고? 크큭."

전설이라는 말에 천마가 조소했다.

부활한 천마에게는 와 닿지 않았으나, 천 년 전에 사라진 혈교는 현재 무림인들의 기억 속에 지워진 지 오래였다.

그나마 구대문파와 오대세가처럼 그 전통이 긴 문파들의 경우는 구전이나 기록으로 전해지면서 일부 내려오고 있으나, 혈교는 전설과도 같은 이야기였다.

"아닌가? 나도 어릴 적이 세가의 사기(史記)로 보았네만. 아주 먼 옛날… 그것도 천 년 전에 있었던 전설 속의 사악한 이교도 집단으로 기억하네."

모용철이 기억하는 혈교는 천 년 전에 마교에 의해 멸문한 이교도 집단이었다.

그나마 이렇게 기억한 것은 혈교가 과거 중원 무림의 씨를 반 이상 멸할 뻔했다는 기록이 남아 있었기 때문이었다.

'이런 식으로 알고 있다면 내가 얘기해 봐야 이상하게 받아들이겠군.'

무심결에 혈교에 대해서 거론했던 것이 후회되는 천마였다.

그러나 모용철의 반응만으로 혈교가 긴 세월 동안 무림에 다시 모습을 드러내지 않았다는 것은 알 수 있었다.

"그 계집… 아니, 아들?"

"월야. 모용월야일세."

"언제부터 그런 증상을 보인 거지?"

천마가 일부러 화제를 돌렸다.

물론 어떻게 혈마기의 기운이 몸을 잠식하고 있었는지 원인이 궁금하기도 했다.

천마의 질문은 효과가 있었다. 갑자기 모용철의 인상이 어두워졌다.

"그것은……."

"이야기하기 힘든 부분이면 하지 않아도 되는데."

모용철이 이렇게 망설이는 것에는 이유가 있었다.

그것은 모용세가에서 숨겨왔던 과거와 연관이 되어 있기 때문이었다.

외부인이 과거를 알게 되는 것이기에 망설여졌다.

'약선조차 치료하지 못한 월야를 현묘한 힘으로 진정시켰다. 이 젊은이라면 어쩌면 뭔가를 알 수 있지 않을까?'

고민하던 모용철이 결국 마음을 정했다.

"자네, 내가 하는 말을 함구할 수 있나?"

"남에게 이야기할 이유가 있나?"

"…자네가 내 아들을 구해준 은인이기에 믿고 얘기해 주겠네. 그 전에 잠시… 쿨럭!"

모용철이 바닥에 쓰러지듯 가부좌를 틀고 앉았다.

운기조식에 들어간 것이다.

얼굴이 땀으로 흠뻑 젖은 것으로 보아, 찔린 상처 부위를 타고 잠식한 천마의 검기로 인한 내상이 상당해 보였다.

현천신공은 극양의 기운을 지녔다.

모용철의 몸으로 들어간 검기로 인해 신체의 음양의 조화에 영향을 준 것이었다.

"귀찮게 만드는군."

천마가 모용철의 어깨에 손을 얹어 공력을 주입했다.

공력이 주입되자 모용철은 그것에 도움을 받아 운기조식에 박차를 가했다.

얼마 지나지 않아 모용철이 피를 한 움큼 토해냈다.

"고맙네. 하아… 자네의 검기는 지독할 정도 사람을 괴롭히는군."

"그 정도 각오는 하고 덤볐겠지."

"크흠."

병 주고 약을 받는 느낌이었으나, 먼저 도전을 한 것은 그 자신이었다.

내상이 가라앉았는지 얼굴에 흐르던 땀이 멎었다.

"내상 치료를 마쳤으면 이제 얘기해라."

천마의 보챔에 모용철이 고개를 절레절레 흔들며 이야기를 시작했다.

이것은 팔 년 전의 이야기이다.

당시 모용세가는 태상가주인 모용태가 별세하기 전이라고 한다.

모용태는 자신의 손자인 모용월야를 지극히 아꼈다.

오황인 북호투황이 격찬을 했을 정도로 뛰어난 재능을 지닌 손자였기에 더더욱 그러했다.

"팔 년 전 정월이 지난 어느 날 아버님께서는 월야에게 무림을 경험시켜 준다며 그 아이를 데리고 북무림 순회에 나섰었네."

가주인 모용철은 그들에게 호위무사들을 대동하기를 원했으나 모용태는 단호히 거절했다.

모용태는 초절정 고수였기 때문에 무공에 대한 자신이 강했다.

걱정은 되었지만 태상가주의 실력을 믿었기에 호위 무사들을 붙이지 않았다.

"실수였네. 어떻게든 호위를 붙이든가 혹은 몰래 그랬어야 했는데."

모용철은 손으로 자신의 이마를 짚으며 괴로워했다.

"사고가 난 것이로군."

"짐작대로네. 열흘 뒤, 관청에서 사람이 왔지. 그길로 나는 하북성의 안평에 있는 작은 고을로 향했지."

관청에서 전한 것은 모용태의 부고였다.

시신을 수습하기 위해 안평에 있는 고을 관청으로 와달라는 연락이었다.

모용철은 급히 그곳으로 향했고, 도착했을 때 그는 끔찍한 결과를 바라볼 수밖에 없었다.

"대모용세가의 태상가주께서 맞이할 죽음이 아니었네."

수십 조각으로 나누어져 있는 시신을 바느질로 맞춰놓았다.

관청에서 일하는 장의사에 의하면 시신을 발견했을 때, 속에 있는 내장 기관이 전부 사라져 있었다고 말했다.

"아버님의 몸에는 도흔이 가득했지."

모용철은 도흔을 통해 진범을 알아내려 했으나 아무것도 알 수 없었다.

그 정도 되는 고수라면 도흔으로 무공을 추적할 수 있다.

그러나 아무리 도흔을 살펴봐도 그가 알고 있는 어떠한 도법도 이렇게 사악하면서 잔인할 수가 없었다.

"사파일 것이라고 여겼지만 사파의 도를 사용하는 고수들 중에는 아버님을 상대할 만한 자가 존재하지 않네."

사파의 초절정 고수들 중에서 도를 사용하는 이는 없었다.

문제는 그것만이 아니었다.

같이 순회를 돌았던 모용월야는 나신으로 피를 흠뻑 뒤집어 쓴 채 발견되었다고 한다.

'나신이라……'

나신이라는 말에 뭔가를 짐작했는지 눈빛에 이채를 띠는 천마였다.

깨어난 모용월야는 처음에 폐쇄적인 강박감을 보였다고 한다.

"마치 공포에 질린 것처럼 아무 말도 하지 못했네. 몇 달 동안은 제 방에서 나오지도 못했지."

"미쳤다는 건 그 몇 달 후인가?"

"음… 몇 달 후에 식사를 가져다준 시녀의 배를 갈라서 내장을 꺼내고 있는 것을 발견했지."

"오우, 그때부터 내장에 집착했군. 참으로 전도유망했어."

"…그런 식으로 말하지 말게."

"흠."

빈정대는 것 같은 천마의 말에 모용철이 인상을 찌푸리더니 말을 이었다.

이런 사건을 터진 후, 차마 세가의 태상가주가 잔인하게 살해당했다는 것을 공식적으로 발표하지 못했고 숨겨야만 했다.

무림의 오대세가 중 하나인 모용세가라는 이름이 그것을 가리게 만든 것이었다.

몇 년 동안 모용철은 세가의 정보력만으로 흉수를 찾기 위해 갖은 노력을 기했으나, 아직도 도흔을 남긴 범인을 찾지 못했다.

"도흔이 남아 있나?"

"장례를 치르기 전에 탁본으로 남겨놓았네."

"흠, 내가 그 도흔을 볼 수 있나?"

천마의 말에 모용철이 한숨을 내쉬었다.

천운으로 기연을 만나서 젊을 때 강해질 수 있다고는 생각한다.

하지만 도흔을 살펴서 무공을 추적하려면 그만큼의 무공에 대한 경험이 녹아들어야 한다.

"휴, 자네가 분명 강한 것은 인정하지만, 도흔을 본다고 해서……."

"잠깐!"

촤아아악!

갑자기 이야기를 중단시킨 천마가 실내 연무장의 천장으로 검기를 날렸다.

천마의 검기가 사방으로 갈라져 천장을 꿰뚫고 지나갔다.

"왜 그러는 건가?"

"제법 큰 쥐새끼가 엿듣고 있더군."

"쥐새끼라니, 아무런 기척도… 설마!"

모용철이 놀란 기색으로 실내 연무장의 바깥으로 뛰쳐나가 천장으로 뛰어올랐다.

그러나 이미 천마가 쥐새끼라 명명한 존재는 사라진 지 오래였다.

모용철이 다시 연무장으로 들어와 물었다.

"아무것도 없네. 정말 기척을 느낀 것이 맞나?"

"뭐, 잘못 느낀 것일 수도 있겠지."

아무렇지 않게 내뱉는 천마의 말에 모용철은 싱겁다는 듯이 고개를 흔들었다.

연무장의 천장 정도로 가까운 위치에서 누군가 엿듣는 것이라면 초절정의 경지인 자신이 눈치채지 못했을 리가 없다고 여겼다.

그 자신보다 높은 경지에 있는 자가 아니라면 말이다.

'그럴 리야 없지.'

모용철은 확신했다.

*　　　　*　　　　*

똑똑!

방문을 두드리는 소리에 문율이 객실 문을 열었다.

방문자는 설유라였다.

"아가씨?"

"잘 잤나요?"

"아… 그렇지요."

잠을 깬 지 그리 오래되지 않았는 듯 피곤한 기색이 역력했다.

이른 아침이어서 그런지, 아침 공기가 더욱 차갑게 그의 뺨을 때리고 있었다.

"쌀쌀하군요. 들어오시겠습니까?"

그녀가 얼른 고개를 끄덕이고, 객실로 들어왔다.

털옷으로 몸을 두르고 있었지만 추위에는 한없이 약한 그녀였다.

두 손으로 추위에 붉어진 자신의 뺨을 매만졌다.

"쿵쿵, 혹시 방에 뭐 태우셨나요?"

객실 안에서 미묘하게 탄 냄새를 맡을 수 있었다.

문율이 의자를 빼서 앉으려다 멈칫하더니, 고개를 저으며 말했다.

"그럴 리가요. 촛농이 떨어져서 나는 냄새겠지요."

"그런가요?"

촛농 냄새와는 확연히 달랐지만, 그녀는 특별히 별다른 생각은 하지 않았다.

그때 설유라가 뭔가를 빼곡하게 적어놓은 종이를 넘겼다.

"이건?"

"오늘 정오까지 모여야 할 각 문파 인재들의 명단이에요."

"정리하신 겁니까? 흐음."

명단을 넘겨받은 문율이 그것을 훑어보더니 흡족하게 웃으며 말했다.

"각파별로 등급을 나누어서 잘 정리했군요. 후후후, 잘하셨습니다."

그녀는 단순히 각 문파에서 도착해야 할 명단만을 정리한 것이 아니라, 실력별로 등급을 매겨 상세히 정리를 해놓았다.

검황의 제자들은 무림의 거대한 삼대 세력과의 전쟁을 겪은 경험이 있기에 군략에 능하다.

설유라 역시도 제자들 중에 가장 어리면서 여자이기는 하나 검황을 따라다니며 경험을 쌓았다. 그 자질이 과연 남다르다 할 수 있었다.

'위에 설 수 있는 자의 자질이 있구나, 후후후.'

자신의 제자였다면 칭찬해 주고 싶었다.

그런데 그녀가 정리해 놓은 종이는 한 장이 아니었다.

다른 장의 종이를 읽던 문율의 두 눈이 커졌다.

"아가씨? 이건 대체……."

"보시는 그대로입니다."

"하지만 검황께서 당부하신 것을 잊으신 겁니까!"

잠이 확 깨는 문율이었다.

다음 장에 적혀 있는 것은 단순히 등급별로 정리한 것이 아니었다.

조별 편성과 역할 분배 등을 상세하게 나누어놓았다.

그것은 마찬가지로 칭찬받을 만한 일이었으나 다른 문제가 있었다.

"제가 자발적으로 하는 거예요."

"이건 안 됩니다. 아가씨의 임무는 여기까지입니다!"

조별 편성에 그녀 역시도 포함이 되어 있었다.

설유라가 맡은 임무는 모용세가에서 끝내게 되어 있었다.

"하지 말라는 당부를 하진 않으셨습니다."

"그렇다고 해도……."

"저는 갈 겁니다."

확고한 고집을 보이는 그녀의 말에 문율이 머리가 질끈 아파왔는지 이마를 매만졌다.

두 달 동안 각 문파를 순회하면서 느낀 것인데, 검황이나 그 제자들도 만만치 않게 고집이 강했다.

'젠장! 추위도 못 참으면서 이런 고집은!'

문율은 곤란함을 감추지 못했다.

검황이 직접적으로 반드시 북쪽으로 가지 마라 했던 것은 아니지만, 그의 둘째 제자인 석금명이 문율에게 부탁한 것이 있었다.

절대로 설유라가 북해빙궁으로 가게 해선 안 된다는 당부였다.

"아가씨, 제가 이렇게까지 말씀드리지 않으려 했지만 혹시 참여하시려는 이유가……."

"혹시 둘째 사형 때문인가요?"

사마영천에 대해서 거론하려 했던 문율이었다.

그러나 그녀가 한 발 더 빨랐다.

"네?"

"사부님께서 분명 임무가 끝나면 복귀해도 좋다고 했지만, 제게 이번 북쪽 정벌에 참여하지 말라는 당부는 없으셨습니다. 저에게 임무가 끝나면 꼭 본 문으로 복귀하라고 신신당부한 것은 오히려 둘째 사형이었죠."

"아무래도 사제이시니 걱정되셔서 그러는……."

"천하의 검하칠위의 일인이신 문 대협이 사부님도 아닌, 둘째 사형의 명에 따르시는 건 아니겠죠?"

문율의 표정이 무섭게 일그러졌다.

다른 것은 몰라도 스스로의 명예에 관해서 자존감이 강한 그였다.

그렇기에 서열 사 석의 자리에 만족하지 않는 것인데, 그녀가 이를 건든 것이었다.

검하칠위에 있는 일곱 무인의 유일한 공통점은 검황을 제외한 누구의 명령에도 따르지 않는다는 점이었다.

"그럴 리가 있습니까? 석 공자께서 걱정을 하셔서 그랬지요. 제가 있는데, 누가 감히 아가씨를 건드린단 말씀입니까!"

"고마워요. 문 대협 덕분에 안심하고 갈 수 있겠군요."

"아… 이런……."

득의양양하게 입꼬리가 올라가는 설유라를 보며, 순간 자신의 실수를 깨달은 문율은 할 말을 잃고 말았다.

두 달 동안 문율의 성격을 정확히 파악한 그녀였다.

그녀가 방에서 나간 뒤, 자신의 발언을 굉장히 후회하게 되는 문율이었다.

같은 시각 모용세가의 가주 집무실.

모용철은 한철로 만들어진 금고를 뚫어지게 바라보고 있었다.

금고에 걸려 있어야 할 자물쇠가 없었다.

"하아……."

금고를 바라보며 한숨을 내쉬는 모용철의 표정은 굉장히 어두웠다.

돌아서서 집무실 책상 위에 놓여 있는 부서진 자물쇠를 들어서 바라보았다.

엄밀히 얘기한다면 부서진 것이라기보다는 잘려 나가 있었다.

"정말 그자가 한 것이 맞는 것이라면, 그를 믿어야겠지."

모용철은 어제의 일을 떠올렸다.

처음에는 도흔을 보여주기를 꺼려했다가, 어차피 과거사를 말해준 것도 있었고 밑져야 본전이라는 생각에 집무실로 데려왔다.

"세상에……."

집무실에 오자마자 모용철이 내뱉은 첫마디였다.

집무실은 엉망이 되어 있었다.

책상 뒤편에 금고를 가려놓은 화폭이 찢겨져 있었고, 금고의 자물쇠가 잘려진 채 열려 있었다. 모용철이 놀란 이유는 도둑을 맞은 것도 있지만, 자물쇠 역시도 한철로 만들었기 때문이었다.

"한철을 자르다니."

"강기를 사용했다는 말이군."

"설마……."

한철의 경도는 일반 철과는 비교도 할 수 없을 만큼 단단하다.

적어도 이 한철을 자르기 위해서는 보검을 사용하거나 강기를 다룰 수 있어야 한다.

화경의 경지에 오른 자만이 강기를 쓸 수 있다.

이곳 모용세가 내에 있는 사람들 중에서 화경의 경지에 오른 자는 문율 한 사람뿐이었다.

"문… 율… 이자가 정말!"

모용철은 진심으로 분노했다.

하지만 그것도 잠시였다.

문율 정도 위치에 있는 강자가 이런 짓을 했다는 것이 이해가 가지 않았다.

바보가 아닌 이상 화경의 경지에 이른 자가 본인뿐인데, 대놓고 증좌를 남긴 꼴이었다.

"대체 이자가 왜 이런 짓을 했단 말이오?"

"뭔가 켕기는 것이 있나 보지."

"그건 본 가주도 추측할 수 있는 것일세."

"그럼 직접 추측해 보시던가."

"……"

모용철은 피해를 입은 당사자인 만큼, 냉정하게 상황을 추측하기 힘들었다.

천마는 집무실의 이곳저곳을 둘러보았다.

경비를 서는 무사들이 가득한 모용세가에서 범인은 생각보다 담대하게 집무실을 뒤졌다.

"두 가지를 추측할 수 있겠군. 하나는 제삼의 인물이 있었다는 것."

"제삼의 인물?"

"하지만 제삼의 인물이 갑자기 이곳에 나타날 확률이 없으니 의미 없군."

"…두 번째는 무엇인가?"

"문율이라는 자가 감정적으로 일을 저질렀다는 것."

"그건?"

"모용세가의 과거에 있었던 사건과 관련이 있을지도 모른다는 것이겠지."

이 말에 모용철의 두 눈이 커졌다.

그의 말이 일리가 있다고 생각되었기 때문이다.

만약 정말로 문율이 그 일과 관계가 있다면 무슨 수를 써서라도 증좌를 없애려고 하는 것은 당연했다.

단지 마음에 걸리는 것은 그가 성급한 유형의 인물이 아니라는 것이다.

"뭐, 가장 좋은 방법은 그자를 잡아서 족쳐보는 거겠지?"

"이보게, 말처럼 쉬운 일이 아니네."

"무력의 차 때문인가?"

거침없이 말을 하는 천마의 말투에 적응이 되지 않는 모용철이었다.

잠시 인상을 찌푸리더니 말했다.

"…차라리 무력만이라면 좋겠지. 그런 것만도 아닐세."

물론 무력에 있어서도 차이가 있지만, 상대는 현 무림의 실권을 지닌 자들 중 한 명이었다.

오대세가라 불릴 만큼 그 위상이 큰 모용세가였지만, 검문에 비하면 조족지혈에 불과했다.

용의자로 가장 의심이 가더라도 쉽게 건드릴 수 있는 위치가 아니었다.

"뭐, 무력에 세력까지 갖추면 답이 없긴 하지."

"하아, 자넨 참으로 촌철살인의 경지에 이르렀네."

이때 모용철은 몰랐지만 천마는 내심 문율을 생각하며 혀를 찼다.

뻔히 범인으로 짐작하면서도 어찌해 볼 생각조차 하지 못하는 모용철을 보니, 문율이 어째서 성급하게 증좌를 없애는 것에만 집중했는지 짐작이 갔기 때문이었다.

'아주 대단하군. 그놈의 검문이라는 위명이. 크큭, 뼛속까지 부술 맛이 나겠어.'

"갑자기 왜 웃는 건가?"

살기 어린 천마의 미소에 모용철이 의아한 듯이 물었다.

"아니, 별 뜻은 없다. 단지 그보다는……."

똑똑!

한참을 회상하던 중에 누군가 집무실 문을 두드렸다.

모용철이 책상에 있던 잘린 자물쇠를 서랍에 넣으며 들어오라고 말했다.

방 안으로 들어온 이는 모용월야였다.

손톱을 물어뜯으며 들어오는 모습이 미쳤던 것과 별개로 버릇인 듯했다.

"부르… 셨나요?"

자신이 했던 일들을 기억이라도 해낸 것일까.

모용월야의 목소리가 조심스러웠다.

'흠… 녀석, 많이 의기소침해졌구나.'

그 모습에 모용철은 다행이라는 생각이 들었다.

혹여 여전히 발작이라도 하면 어쩌나 걱정했었는데, 이 정도라면 밖에 내보내도 불안함은 덜할 것 같았다.

"그래. 네게 할 당부가 있어서 불렀단다."

"어제 그 얘기입니까?"

이에 모용철이 고개를 끄덕였다.

어제 흐지부지하게 대련이 마무리되었지만, 설유라로부터 모용월야를 차출하고 싶다는 통보를 받았다.

모용황의 경우 발목의 인대가 통째로 뜯겨 나가 걷기도 힘든 상태였기에 차출되기도 힘들었다. 덕분에 부가주인 모용강과의 사이도 썩 좋지 못하게 되었다.

"…제가 꼭 가야 하는 겁니까?"

모용월야가 힘없는 목소리로 물었다.

그 역시도 자신이 어제 저지른 일을 전부 기억하진 못했지만, 희미하게나마 떠올랐다.

모용황의 발목을 물어뜯은 것을 말이다.

"어차피 벌어진 일이니 부담은 가지지 말 거라."

"하지만 숙부님께서……."

"네 숙부가 한 말을 마음에 담지 말래도."

대련이 끝나고 손님들을 내보낸 뒤, 모용강은 심하게 화를 냈었다.

물론 모용월야의 상태가 나쁜 것은 알고 있었지만, 모용황은 아끼는 자식이었다.

설유라와 맺어주려 했던 것이 무산된 것도 모자라서, 다리를 절며 살아야 할지도 모르니 모용월야에 대한 분노가 큰 것은 당연했다.

"하오면 제게 무슨 당부를?"

"네게 두 가지 당부를 하마."

"…네에."

"첫째, 문율과의 접촉을 최대한 피해라."

"문율이라면 혹시 그 검하칠위 중 한 명을 말씀하는 겁니까?"

뜬금없이 문율을 거론하자 모용월야가 의아한 눈빛이 되었다.

모용월야에게 사실을 말해주고 싶었지만, 아직까지 뚜렷한 물증이 없기에 주의를 주는 것만이 최선이었다.

"그래. 그자를 조심해라. 네게 해가 될지도 모른다. 둘째, 만약 무슨 일이라도 생긴다면 사마세가의 사마영천에게 도움을 청해라."

움찔!

사마영천이라는 말에 모용월야가 몸을 움츠렸다.

그것은 본능적인 움직임이었다.

어제 정신을 차렸을 때, 가장 먼저 눈에 들어온 사람이 바로 천마였다.

정신 상태가 이상해진 이후로 두려움을 느끼지 못했던 모용월야였지만, 천마를 본 순간부터 강한 두려움을 느꼈다.

왜 그런 것인지는 본인조차 알 수 없었다.

"사… 사마영천이요?"

"왜 그러느냐?"

"아, 아무것도 아니에요."

"아무튼 그는 너의 은인이기도 하니, 네가 믿을 수 있을 것이다."

"…네에."

천마의 실력을 직접 견식 한 모용철의 당부였다.

어려운 상황이 발생했을 때, 가장 믿을 만한 인물은 사마영천뿐이라는 생각이 들었기 때문이었다. 단지 모용철이 간과한 것은 천마가 누군가를 보호할 만한 배려심을 가진 인물이 아니라는 점이었다.

"이만 소자는 물러나 보겠습니다. 주무십시오."

"허허허, 오냐."

정상적으로 안부 인사를 마치고 나가는 모용월야를 보며 모용철이 입가에 흐뭇한 미소가 피어났다.

그러나 방문이 닫히는 순간, 모용월야의 입가가 묘하게 뒤틀렸다.

그 뒤틀림 속에는 여전히 광기가 잠재되어 있었다.

오후 무렵이 되었을 때, 실내 연무장으로 각 문파의 젊은 실력자들이 모여들었다.

연무장의 단상에는 못마땅한 얼굴인 문율을 비롯해, 다소 가라앉은 얼굴의 설유라가 앞에 서 있었다.

가장 마지막에 도착한 것은 천마였다.

느긋하게 곰방대를 물고 연기를 뻑뻑 뿜어가며 연무장으로 들어오는 천마의 모습에 좌중의 시선이 집중되었다.

어제 천마가 보였던 실력은 그들에게 놀라운 충격을 주었다.

미친 것을 떠나서 대련에서 모용월야의 신위를 보며 괴물이라 여겼었는데, 그를 가볍게 제압했으니 그럴 만도 했다.

'고작 사파에서 정파로 전향한 가문이라 들었는데, 저런 괴물이 있었다니.'

'사파 출신이니 사공을 익혀서 저리 강한 것일지도 몰라.'

온갖 자신들을 납득할 만한 이유를 생각할 정도로 천마는 그들에게 크게 각인되었다.

질투, 시기 어린 감정이 짙을수록 그런 사념은 천마에게 뚜렷하게 느껴졌다.

천마가 고개를 돌려 그들을 바라보자, 당황한 나머지 괜히 머쓱해하며 다들 시선을 피했다.

'전부 애송이들뿐이로군.'

천마는 고개를 저으며 조소했다.

그나마 쓸 만하다고 여겨지는 녀석은 연무장 구석에서 손톱을 뜯고 있었다.

모용월야는 천마에게서 최대한 떨어져서 그를 두려운 눈빛으로 바라보고 있었다.

'어제까진 꽤 재밌는 녀석이었는데, 쯧.'

천마는 어슬렁거리며 걸어가 연무장 한편에 자리 잡고 있는 판목에 걸터앉았다.

다른 이들이 혼자 앉아 있는 것에 대하여 불편한 시선으로 쳐다보든 신경 쓰지 않았다.

'…내가 신경 쓰이지 않는 건가?'

간밤에 있었던 일로 인해 밤새 잠을 제대로 자지 못했던 설유라였다.

천마가 실내 연무장으로 들어왔을 때부터 내색은 하지 않았지만 굉장히 신경 쓰였다.

"…가씨."

"……?"

"아가씨!"

"네… 네?"

"무슨 생각을 하시는 겁니까?"

"아… 아무것도 아니에요."

설유라가 얼굴을 붉히며 얼버무리자, 문율은 한숨을 푹 내쉬었다.

어제 저녁에 그녀의 실망하는 모습에 더 이상 신경 쓸 필요가 없다고 여겼었는데, 정반대였던 모양이다.

민망한지 헛기침을 한번 하더니, 그녀가 앞으로 나서서 일

장연설을 시작했다.

"안녕하세요. 검문의 제자, 설유라라고 합니다. 이렇게 모여 주신 각파의 여러분들께 감사의 인사를 올립니다."

설유라가 포권을 하며 인사를 하자, 연무장에 있는 모든 사람이 동시에 포권을 취했다.

물론 판목에 걸터앉아 연신 담배를 피우고 있는 천마는 예외였다.

인사를 시작으로 시작된 그녀의 연설은 일종의 출사(出師)를 위한 출정식이라고 할 수 있었다.

'쓸데없는 연설은, 쯧.'

천마가 생각할 때 정파의 가장 못마땅한 점은 쓸데없는 치레니 형식이 많다는 것이었다.

협박이나 다름없이 각 문파, 방파들의 후계자들을 볼모로 무림일통 전쟁에 동원시키면서 형식을 갖춘다는 것은 우스운 일이었다.

"…때문에 조를 편성할 겁니다."

조를 편성한다는 말에 천마의 한쪽 눈썹이 치켜 올라갔다.

귀찮은 짓을 한다는 생각이 들어서였다.

그런 불만은 천마뿐만이 아니었다. 조 편성이라는 말이 나오자, 이때까지 그녀의 연설을 가만히 듣고 있던 좌중이 시끄러워졌다.

"집중해 주시기 바랍니다!"

"설 소저!"

그때 하북 팽가의 팽가윤이 손을 들고 말했다.

오대세가 중 하나인 팽가의 사람들은 패도적인 도법과 더불어 성격이 불같기로 유명하다.

불만에 찬 눈빛이 팽가윤은 뭔가 할 말이 있어 보였다.

"왜 그러시죠?"

"조를 나눈다는 기준이 어떻게 됩니까? 설마 사파 놈들과 같이 묶으시려는 건 아니겠지요?"

"뭣? 사파 놈?"

팽가윤의 한마디에 좌중의 분위기가 급속도로 싸늘해졌다.

이곳에 모인 것은 단순히 정파뿐이 아니었다.

사파를 비롯해 여러 집단이 모여 있는 한가운데서 정사를 운운한 것이니 위험한 발언을 한 꼴이었다.

"정파의 명문 세가로서 자존심이 있지. 더러운 사파 놈들과 같이 할 순 없습니다!"

욱하는 성격과 고집은 팽가의 지극한 단점이었다.

이곳에 모인 절반이 사파의 인재들임에도 불구하고 거침이 없었다.

결국 불씨가 지펴지고 말았다.

"그 말을 듣고 넘길 수 없군. 정파 나부랭이 주제에."

패도문의 묵일청이었다.

이곳에 모인 사파인들의 대표 격이라 할 수 있는 청년이었다.

묵일청이 나서자 기다렸다는 듯이 팽가윤을 비롯한 정파인들과 사파인들이 두 갈래로 나뉘어서 서로를 노려보며 살벌한 분위기를 연출했다.

'흠, 결국 사달이 났군.'

문율이 속으로 생각했다.

무림맹에서조차도 정파와 사파의 수뇌부들이 모이면 작은 안건으로도 소리가 커졌다.

물론 검황이라는 거대한 존재 앞에서 대놓고 난장을 피우진 못했지만, 서로가 심기 불편해하는 것은 여전했다.

그녀가 조를 편성해 놓은 종이에는 정사의 인재들을 능력에 맞게 골고루 배치되어 있다.

이런 상황이라면 편성 배치를 부르는 순간 일이 터질 것이다.

'과연 아가씨가 어떻게 이 상황을 타개할 것인가, 후후.'

젊은 세대의 정사 무림인들을 강압적으로 제압하는 것은 문율에게 어려운 일은 아니었다.

하지만 당장 설유라를 대신한다면, 차세대를 이끌어나가야 할 그녀에게 좋지 않을뿐더러 그녀의 명예를 무시하는 처사가 될 것이다.

"여러분, 잠깐 멈추……."

푹!

설유라의 말이 끝나기도 전에 연무장이 한가운데로 진검이 꽂혔다.

'이런… 엉뚱한 놈이 개입했군.'

문율이 고개를 절레절레 흔들었다.

갑작스럽게 날아온 검에 대치하고 있던 정사의 인재들이 놀란 나머지 동시에 뒤로 물러섰다.

"어떤 건방진 작자가 인파 한가운데 검을 던진단 말인가!"

팽가윤이 화가 나서 소리쳤다.

어느새 그의 손은 등에 메고 있는 도집의 손잡이로 가 있었다.

"작자? 웃기는 놈이군. 나라는 작자다."

"자… 자네는……."

곧장 도라도 뽑을 기세로 소리 질렀던 팽가윤이었지만, 누가 검을 던졌는지 알고 나니 순간 말문이 막히고 말았다.

그는 다름 아닌 사마영천이었다.

아무리 다혈질인 팽가윤이라고 해도 어제의 일을 똑똑히 기억하고 있었다.

'저놈은 내가 상대할 수 있는 녀석이 아니야.'

압도적인 무력 차를 실감했다.

단순히 판목에 앉아 자신을 쳐다만 보고 있는데, 그 위압감이 보통이 아니었다.

그렇다고 한번 나섰는데, 상대가 강하다는 것만으로 굽힌다면 망신을 당할 것이 자명했다.

'후우, 싸울 수 있는 상대가 아니라면 다른 수를 써야지.'

잠시 고민하던 팽가윤은 좋은 방법을 떠올렸다.

팽가윤이 여유로워 보이는 표정을 지으며, 그를 향해 말했다.

"자네도 이 일에 개입하는 건가? 자네는 우리 쪽인 정파인이 아닌가. 설마 사파의 편을 드는 것은 아니겠지?"

무림인들치고 사마세가가 정파로 전향한 사실을 모르는 이는 아무도 없었다.

문제는 사파에서는 배신자의 가문이라 불렸고, 정파에서는 자파로 인정을 하지 않는다는 애매한 위치가 되어버렸다.

그것 때문에 가주인 사마염이 무림맹의 회의나 회합 자리에 항상 참석하면서, 대외적인 친교 활동에 집중하는 것이기도 했다.

'팽가의 아이가 잔머리를 굴렸군.'

문율이 내심 혀를 내둘렀다.

애매모호한 위치에 있는 사마영천의 상황을 역이용한 것이었다.

아무리 강하다고 해도 다수와 그 여론을 무시하기는 힘들다.

'사파의 애송이들 녀석까지 보채면 더욱 곤란해지겠군.'

과연 문율의 예상대로였다.

묵일청이 얼른 앞으로 나서며 말했다.

"역시 뿌리를 잊지 않았군. 우리 패도문은 사마세가가 정파 따위에 전향한 것에는 외세의 압력이 있었다고 굳게 믿고 있었네!"

갑자기 끼어든 천마가 누구의 손을 들어주느냐에 따라서 우위가 갈린다.

묵일청이 이런 기회를 놓칠 리가 만무했다.

솔직히 사파인들 중에서 배신자의 가문인 사마세가를 좋아하는 이는 아무도 없었으나, 초절정 고수로 짐작되는 사마영천을 무시할 순 없었다.

'어쩔 테냐. 누구의 편을 들 것이냐. 아니면 괜한 참견은 버리고 빠질 테냐!'

팽가윤이 노린 수는 명백히 후자였다.

그러나 그가 모르는 것이 있었다.

보통의 사고관을 가진 무림인이라면 이 상황을 난감해하겠지만, 상대는 천마였다.

"무슨 개소리야."

"뭣?"

천마의 거친 한마디에 모두가 황당한 표정이 되고 말았다.

21장
험난한 북벌 선발대

욕설에 가까운 천마의 말에 당황했던 팽가윤이 화가 나서 소리쳤다.

　"아무리 무공이 강하여도 그렇지. 이 어찌 예의가 없단 말인가!"

　"예의? 헛소리 지껄이지 말고."

　"허… 헛소리?"

　천마의 화법에는 거침이 없었다.

　아무리 다혈질이라고는 하나, 팽가윤은 정파의 명문세가에서 사서삼경(四書三經)을 떼고 예법을 배운 도련님이었다.

고작 약관에 불과했고, 무림의 경험 역시도 이곳에 있는 각 파의 젊은 인재들과 마찬가지로 일천하기만 했다. 가벼운 도발에도 흥분을 조절하지 못했다.

"어찌 그런 경박스러운 말을 한단 말이오!"

"뭘 어찌 그런 말이야. 네놈은 유생이라도 되냐?"

"그, 그게 무슨 소리인가?"

"무림인이 아니냔 말이다."

"아니, 여기서 무림인이 아닌 자가 어디 있단 말이오?"

"그럼 왜 서로 노려만 보고, 지껄이기만 하는 거냐?"

그렇게 말한 천마가 손가락으로 연무장 바닥에 꽂혀 있는 검을 가리켰다.

이에 팽가윤이 어이가 없다는 표정으로 말했다.

"설마 이 검을 던진 이유가……."

"서로 의견이 맞지 않다면 승부를 보는 것이 무림의 법칙이 아니냐. 노려보고 대화를 나누는 것은 글을 읽는 유생들이나 할 법한 짓이지."

"큭!"

상황이 반전되어 버렸다.

천마의 한마디에 팽가윤을 비롯한 전부가 졸지에 말뿐인 유생이 되어버린 것이었다.

이제는 그들이 제대로 싸우거나, 어설프게 할 바에 그만둬야 하는 상황이었다.

'당했군. 지략도 갖춘 자였다니……'

묵일청이 안타깝다는 듯이 입맛을 다셨다.

서로의 기득권에 맞는 조 편성을 위해 나섰던 것이었기에, 여기서 일을 키워봐야 손해 보는 것은 그들이었다.

더군다나 검문의 사람들이 빤히 지켜보는 앞이니 더욱 곤란했다.

조 편성도 하기 전에 싫다고 운운한 꼴이니 말이다.

웅성웅성!

결국 긴장 상태였던 정사의 대치 구도가 풀려 버리고 말았다.

다들 괜히 머쓱해하며 눈치를 보다 단상을 향해 몸을 돌렸다.

그러나 한 사람만큼은 그 분노치가 이성을 넘어서 버렸다.

"용서 못 해!"

모두의 앞에서 명예를 짓밟혀 버렸다고 생각한 팽가윤은 판단력이 흐려져 무력의 차이 따윈 잊었다.

무조건 갚아줘야 직성이 풀릴 것 같았다.

챙!

도를 뽑은 팽가윤이 천마를 향해 달려들었다.

내심 다들 치고받고 싸우길 바라던 천마는 상황이 조용히 넘어가는 듯하자 실망했다.

그런데 팽가윤이 이성을 잃고 덤비니 덕분에 쾌재를 불렀다.

그러나.

촤악!

"큭!"

댕그랑!

날카로운 검기가 팽가윤의 손등으로 스치며 그가 들고 있던 도를 떨어뜨렸다.

놀란 팽가윤이 피가 나는 손등을 지혈하면서 검기가 날아온 진원지를 쳐다보았다.

"서… 설 소저!"

검기를 날린 자는 다름 아닌 설유라였다.

"어… 어째서?"

"팽 소협, 출정식이 아직 끝나지도 않았는데, 도를 휘두르는 것은 저를 무시하는 행위입니다."

"……."

팽가윤은 화가 났지만, 검문의 제자인 그녀에게 내색할 순 없었다.

억지로 화를 삭이며, 도를 주워서 포권을 취하며 자리로 돌아가야 했다.

'겨우 재미있어지려던 찰나였는데.'

아쉬워하는 천마의 귓가로 설유라의 전음이 들려왔다.

[아쉬워하는 표정이군요.]

[…방해하다니. 배짱이 두둑하구나.]

[당신이 먼저 검을 던져서 중간에 훼방을 놓았으니, 빚은 이걸로 퉁 치는 걸로 하죠.]

그녀의 당돌한 말에 천마가 눈썹을 치켜 올리더니, 이내 고개를 흔들며 피식 웃었다.

그런 천마의 웃음에 설유라가 황급히 손으로 가리며 얼굴을 돌렸다.

단상에 같이 서 있던 문율이 한숨을 내쉬었다.

'…미치겠군.'

설유라가 얼굴을 붉히는 것을 보았기 때문이었다.

차츰 우려를 넘어서 걱정으로 심화되어 가는 문율이었다.

금방 진정이 되었는지, 설유라는 편성해 놓은 조를 발표했다.

예상과 달리 병장기에 대한 특기부터 보급 부분까지 여러 가지가 고려된 적절한 편성이었다.

단, 한 가지 문제만을 직면했을 뿐이었다.

"왜 조에 편성되기를 거부하는 거죠?"

천마가 세 개로 편성된 조에 어디에도 포함되기를 거부했다.

수색조, 본대, 보급의 세 개 조에서 수색조의 조장으로 편성되었던 천마였다.

실력을 누구도 부정할 수 없기에 조장으로 배치되어도 아무도 불만은 없었다. 정작 당사자가 거부하는 사태를 제외한다면 말이다.

"수색조가 마음에 들지 않으신 건가요?"

"아니, 나는 어떤 조에도 속하길 원치 않는다."

"그게 무슨 의미시죠?"

그녀의 눈빛이 날카로워졌다.

아무리 천마에게 호감이 있는 그녀지만, 공사는 구분한다.

출정식에서 출사 연설을 하면서, 지금부터는 군법에 준하는 율법으로 대한다고 공표했던 그녀였다.

"내가 누군가와 같이하는 건 익숙하지 않아서 말이지."

빈정대는 천마의 말에 설유라가 인상을 찌푸리며 물었다.

"그럼 대체 뭘 어떻게 하고 싶다는 거죠? 잘 대답하셔야 할 거예요."

호감만 아니었다면, 당장에 군율로서 처벌하고 싶은 것이 그녀의 심경이었다.

이에 천마가 의미심장한 미소로 말했다.

"굳이 조를 나눠야겠다면 나 혼자서 수색조를 하든, 아니면 개인 조를 하고 싶은데."

사실 천마가 이곳 모용세가에 온 것은 검문의 북해 정벌에 참여하기 위해서가 아니었다.

북해빙궁에 목적이 있기 때문이었다.

그리고 그 목적을 위해서 검문의 정벌을 방해할 생각이었다.

이를 위해서는 운신의 폭이 자유로워야 했다.

"지금 그걸 말이라고……."

"잠깐만요, 아가씨."

"문 대협?"

천마의 터무니없는 요구에 화를 내려하는 설유라를 문율이 만류했다.

"사마 공자의 말도 일리가 있습니다. 그러면 응당 하나의 조와 같은 역할을 할 순 있지요."

"그게 무슨 소리인가요? 아무리 사마 공자가 강하다고 해도……."

"그는 초절정의 고수이니까요."

"……!!!"

설유라의 눈을 동그랗게 떴다.

강하다는 것은 인지하고 있었지만, 설마 초절정의 고수라고는 상상하지 못했었다.

웅성웅성!

좌중이 순식간에 시끄러워졌다.

초절정의 무공 수위라면 각 문파 내에서도 손에 꼽을 정도의 대단한 실력자에 속한다.

일류 고수 백 명, 절정 고수 열 명과도 버금가는 것이 초절정의 고수였다.

고작 약관을 넘긴 젊은 나이에 초절정 고수라는 말은 젊은 인재들에게 충격을 가져다주었다.

'초절정 고수라니… 말도 안 돼!'

'정말 괴물이었잖아.'

믿기 힘든 사실이었지만 화경의 고수인 문율이 공언했다.

무림인들에게 무공 수위는 확실한 실력 차를 의미한다.

여기 모인 젊은 인재들 중에 일류를 넘어 절정 고수에 근접한 자는 고작해야 두 명에 불과했다. 팽가윤과 묵일청이었다.

물론 확실한 절정 고수인 모용월야가 있지만 그의 상태는 불안하기 짝이 없다.

"사마 공자 정도의 무위라면 충분히 가능할 겁니다, 후후."

"문 대협의 말씀대로라면 인정해야겠군요."

초절정의 고수라면 능히 일 개 조의 몫을 감당할 수 있다.

결국 설유라는 천마의 요구를 받아들였다.

천마의 입장으로서는 운신의 폭이 넓어진 것이기에 좋았지만, 문율의 속셈이 궁금했다.

'귀찮은 짓거리를 하다니. 이놈, 무슨 꿍꿍이인 거지?'

문율의 폭로 아닌 폭로에 천마가 혀를 찼다.

굳이 숨길 이유는 없었지만 타인의 무공 수위를 공개적으로 밝히는 것은 무림에서 암묵적으로 삼가는 행위였다.

실력의 삼 할을 숨기는 것이 무림이었기 때문이다.

'타인의 무위를 밝히다니 일부러 자극하는 건가?'

사마세가에서 문율은 천마를 자신의 사람으로 만들고 싶어 했다.

그런데 정작 모용세가에 도착해서는 아무런 접촉조차 없었다.

더군다나 조 편성에 있어서 도와준 것처럼 보이지만, 천마의 무위를 공개함으로써 이목을 집중시켰다.

'뭔가 심경의 변화가 있나 보군.'

천마가 문율을 쳐다보았다.

그 시선을 느꼈는지 문율 역시 그와 눈이 마주쳤다.

'역시인가.'

사마세가에서의 눈빛이 흥미로움이었다면 지금은 달랐다.

그것은 일종의 견제에 가까운 눈빛이었다.

'크큭, 견제라……. 멍청하진 않나 보군.'

문율은 서서히 천마의 위협성에 대해서 인지해 가고 있었다.

천마가 그런 문율을 향해서 입꼬리를 올리며 묘한 미소를 보였다.

이에 문율은 내심 당혹스러웠다.

'자신을 곤란하게 만든 상황에 웃다니? …역시 사마영천, 네 놈은 누군가의 밑에 있을 그릇이 아닐지도 모르겠구나.'

일부러 무위를 밝혀서 자극해 보았는데, 오히려 웃어 보이는 대범함마저 보였다.

문율은 자신의 판단이 확실해짐을 느끼고 있었다.

조가 완전히 편성되자, 조별로 대형을 맞춰 서서 설유라가 전략을 발표했다.

"저희는 선발대가 되어서 먼저 북해로 진군할 겁니다."

요지는 이렇다.

북무림의 각 문파의 인재들로 구성된 소대 규모의 선발대가 보급 물자를 운송해 몽고를 가로질러 간다. 그리고 감숙성 북부에 주둔해 있는 검문 산하의 대규모의 후발대가 몽고를 둘러서 오는 것이었다.

몽고의 고원 지역에는 기마 민족들이 군사 규모로 영토 전쟁을 치르고 있기에 대규모의 인원이 가로지르는 것은 위험했다.

그렇기에 가로지르는 선발대는 뛰어난 인재들로 이루어진 소규모가 적합했다.

'전략적으로 타당하기는 한데, 역시 뭔가가 있어. 중원에 아무런 영향을 미치지 않는 북해빙궁을 굳이 무리해 가며 정벌한다는 것은……'

전략을 들을수록 천마는 미심쩍어 했다.

중원 무림 전체를 일통하기 위해서라고는 하나, 북벌은 무리를 감행하는 것이었다.

나라에서조차 몽고의 고원 지역을 위험하게 여긴다.

그런 고원 지역을 가로질러 북벌을 한다는 것은 성공을 한다고 해도 전혀 득이 될 것이 없었다.

'뭐, 상관없다. 무엇을 노리든 간에 뜻대로 되지 않을 거다, 크큭.'

그것은 단순히 호언이 아니었다.

검문이 진정으로 간과한 것이 있다면 바로 천마의 존재이다.

"그럼, 오늘 준비가 끝나면 내일 정시(丁時)에 출정토록 하겠습니다."

전략 발표가 끝난 설유라가 집합을 해산시켰다.

*   *   *

그날 늦은 밤.

모용세가에서 얼마 떨어지지 않은 인적이 드문 숲.

달빛 한 점 들어오지 않는 어두운 숲에는 죽립에 면사포를 쓴 여인이 있었다.

그녀는 나무에 기대서 우두커니 뭔가를 기다리고 있었다.

한참을 기다리던 그때였다.

"오래 기다렸느냐."

흠칫!

아무런 기척도 느끼지 못했는데, 뒤에서 들리는 목소리에 여인은 순간 놀랐다.

하지만 목소리의 주인을 알고 있기에 안심했다.

"아닙니다. 조사님, 그동안 강녕하셨습니까."

목소리의 주인은 다름 아닌 천마였다.

여인이 죽립을 벗고 한쪽 무릎을 꿇으며 예를 표했다.

여인의 정체는 현화단의 부단주인 약연이었다.

"추운데 고생이 많았군. 일어나라."

천마의 명에 그녀가 자리에서 일어났다.

약연은 허리춤에 메고 있던 통에서 서찰을 꺼내어 천마에게 전달했다.

돌돌 말려 있던 서찰을 펴서 읽은 천마의 얼굴에 미소가 감돌았다.

"역시 살아 있었군."

"이 모든 것이 조사님의 혜안 덕분이십니다. 괴의 선생이 치료 중이니 차도가 있을 것입니다."

그녀가 기쁨에 찬 목소리로 말했다.

서찰에는 마교인들이 기뻐할 소식이 담겨 있었다.

"용케 도착했군, 늙은이. 크큭."

"그렇지 않아도 연통에 의하면 괴의 선생께서 많이 놀랐다고 하더군요."

천마에게 충성을 맹세했으나 그의 진정한 정체를 모르는 사타였다.

천마의 두 번째 당부대로 약도를 따라 찾아갔더니, 마교인들과 접촉하게 된 사타는 굉장히 놀랄 수밖에 없었다.

하지만 여전히 천마가 마교의 개파 조사임은 여전히 모르고 있었다.

"아직 내 정체에 관해서는 발설하지 말도록."

"알겠습니다."

사타를 그리 좋아하지 않는 천마였지만, 모순적이게도 그를 놀려먹는 것은 재미있었다.

"그리고 이것!"

천마 역시도 약연에게 자신이 모용세가에서 얻은 정보를 정리해 놓은 서찰을 넘겼다.

그녀가 이곳에 온 이유는 중간의 정보 연락책을 맡았기 때문이었다.

천마는 서찰을 넘기면서 그녀에게 검문 산하에 있는 검하칠위에 관한 정보를 조사하도록 시켰다.

"특히 문율이라는 자의 과거 행적 하나하나까지 전부 조사하도록."

"알겠습니다. 아!"

약연이 뭔가 떠올랐는지 말했다.

"조사님, 그때 객잔에서 누군가의 의뢰로 행패를 부렸던 낭인 무리를 기억하십니까?"

"아! 그놈들?"

"그때 그자들에게 의뢰를 한 표사에 관해서 알아냈습니다."

"어디 놈들이지?"

"그 민머리의 사내가 말하길 다섯 손가락의 문양의 두건을 썼었다고 했는데, 그것은 오지산(五指山)을 뜻합니다."

"오지산? 혹시 해남도에 있는 그 오지산을 말하는 것이냐?"

"맞습니다. 조사에 의하면, 해남파에서 운영하는 해남 표국이 그 다섯 손가락의 문양을 사용하는 걸로 파악했습니다."

해남파는 중원 최남단에 자리하고 있는 문파로 쾌검으로 명성을 달리하는 곳이었다.

특이하게도 유일하게 정파와 사파 어디에도 속하지 않는 중

립을 표방한 문파이기도 했다.

천마가 기억하기로 해남파는 검문이 처음으로 정복한 문파였다.

그렇다면 해남 표국은 분명 검문에 녹아들었거나, 그 산하에 있을 확률이 높았다.

'검문과 관계가 있는 건가? 하지만……'

이해가 되지 않는 부분이 있었다.

중원 최남단에서 활동하는 해남 표국의 표사가 어째서 북쪽에 나타났단 말인가.

물건을 배송하는 표국의 특성상 움직임의 범위가 넓을 수는 있으나, 중원 전체로 보기에는 무리가 있었다.

"해남 표국이 활동 범위가 중원 전체인가?"

"아닙니다. 해남 표국은 남무림에서 활동하는 작은 규모의 표국입니다."

"이상하군. 어째서 북무림까지 와서 그런 의뢰를 했다는 거지? 단순히 해남 표국이란 것만으로는 설명이 되지 않아. 흠……"

"그렇지 않더라도 남무림에 있는 현화단의 지부에 최근 해남 표국의 동향을 조사하도록 일러두었습니다."

"호오, 잘했다."

약연의 일 처리 능력은 현화단의 부단주의 직급에 걸맞게 뛰어났다.

천마가 굳이 시키지 않더라도 상황에 맞게 잘 처리하는 것이 마음에 꼭 들었다.

'아!'

천마에게 칭찬을 들은 그녀는 내심 기쁜 나머지 얼굴을 붉혔다. 그러고는 괜히 부끄러워졌는지 자신의 얼굴을 손등으로 매만졌다.

"꽤 추운가 보구나?"

"네에?"

"그러고 보니 얼굴이 온통 빨갛구나. 하긴 이 추운 날씨에 기다렸으니, 쯧."

'…이렇게 어두운데 내 얼굴이 보이나?'

그나마 왜 빨개졌는지 천마가 알아보지 못한 것이 다행이라는 생각이 드는 그녀였다.

반면 천마의 사고는 다른 방향으로 뻗어 나가고 있었다.

그 해남 표국이 검문과 연관 있는 것이 아니라, 별개로 움직이는 조직일지도 모른다는 생각이 들었다.

하지만 일부 정보만으로 모든 것을 판단할 수 없기에 입을 다물었다.

"북해빙궁에서의 일이 마무리된다면 현화단으로 가겠다. 그때까지 지시해 둔 일을 잘 처리하도록 해라."

"조… 존명!"

약연은 조금은 수줍은 목소리로 대답하고 사라졌다.

*   *   *

다음 날 정시가 되자 북해빙궁 정벌 선발대가 출발했다.

밤새 문율이 한 번 더 설유라를 설득하기 위해 애를 썼지만 그녀는 요지부동이었다.

결국 포기를 한 문율은 자신의 정보원에게 설유라가 정벌대에 부단주로 참여하게 된 것을 검문에 알리는 서찰을 보냈다.

선발대 인원의 절반가량은 보급을 담당했기에 짐수레만 장장 다섯 대였다.

그것은 후발대를 위한 것도 포함되어 있었다.

"젠장, 이게 무슨 복장인지."

선발대의 여정이 시작되면서 그들의 복장은 무역을 하는 상단의 행상처럼 꾸몄다.

작은 중소문파나 방파들도 있었지만, 명문세가의 자제인 팽가윤은 연신 불만이 가득했다.

"이래서 실력이 좋든가, 뒷배가 좋든가 해야지."

크게는 말하지 못하고 중얼거리는 이유는 짐수레 위에 누위 있는 사마영천 때문이었다.

모두가 상단의 복장을 했는데, 유일하게 원래의 복장을 하고 있는 이는 천마뿐이었다.

"문 대협이랑은 무슨 사이기에 편의를 봐주는 건지."

"팽 형, 다 좋으니깐 전음을 하든지, 아니면 그만 말하게. 다 듣겠네그려."

그와 안면이 있는 정파의 청년이 걱정되는지 만류했다.

이에 팽가윤은 괜히 더 심술이 났지만, 그가 신경은 쓰였는지 입을 꾹 닫았다.

덜컹거리는 짐수레 위가 불편하지도 않는지, 편하게 누워서 담배를 피우고 있는 것이 한적하기 짝이 없었다.

'아무리 실력이 뛰어나다고 한들, 아직 약관의 청년에 불과하지. 또래 집단과 멀어져 고립되면 스스로 낙오되겠지.'

문율이 계속해서 사마영천의 편의를 봐주는 이유였다.

무림에서의 위치와 연배를 봤을 때, 자신이 일일이 그와 부딪칠 필요는 없었다.

동년배들과 계속해서 부딪칠 거리를 만들어주는 것만으로도 충분했다.

까득!

'응?'

그때 그의 옆으로 누군가가 스치고 지나갔다.

그는 바로 모용월야였다.

손톱을 물어뜯으며 비릿한 웃음소리를 내는 그를 보니 뭔가 께름칙한 기분이 드는 문율이었다.

연무장의 일을 의식해서인지, 그의 주변으로 선발대 누구도 가까이하지 않았다.

잠시 그를 쳐다보던 문율은 한숨을 내쉬며 고개를 흔들었다.

'저놈도 그렇군. 하나 진짜 문제는 아가씨다.'

설유라가 따라오지만 않았어도 대놓고 사마영천을 낙오시키는 것이 가능했다.

하지만 그녀가 있기에 노골적으로 대하기가 힘들었다.

'그렇다고 해도 공사를 구분할 줄 아는 분이다. 사마영천이 단체 행동에서 혼자 돌출된 행동을 하면 할수록 정이 떨어질 수밖에 없겠지. 후후후.'

이런 문율의 보이지 않는 노력에도 불구하고, 천마는 오히려 자신만의 시간을 즐길 수 있었다.

'아주 고마운 수작이로군, 크큭.'

여정을 하는 내내, 누워서 담배를 피우거나 명상을 했다.

중원을 벗어나 몽고고원으로 들어서면서 기온은 훨씬 더 떨어졌다.

두꺼운 털옷을 입지 않으면 버티기 힘들 정도였다.

내기의 흐름이 원활한 천마나 문율은 괜찮았지만, 그 외의 일행들은 추위와의 싸움이 제일 힘들다고 할 수 있었다.

덜덜!

특히 유일하게 남무림 출신인 설유라는 털옷을 두 겹이나 입고도 말 위에 앉아서 꼼짝도 하지 못했다. 사시나무 떨 듯이 추워하면서 말이다.

'쯧, 정말 추위에 약하군.'

천마는 그런 그녀를 무심한 눈길로 쳐다보았다.

몽고고원은 낮에도 추웠지만, 밤이 되면 그 추위가 상상을 초월했다.

무림인들답게 자존심을 부렸던 이들도 밤에는 모닥불 근처를 떠날 줄 몰랐다.

그나마 여정 중간에 몽고의 소수 유목민을 만나, 식량과 말을 일부 대가로 지불하고 '게르'라고 하는 나무와 양털로 만든 조립식 천막을 몇 채 구할 수 있었다.

게르는 이동 시에 조립도 수월했고, 중앙에 화덕을 둘 수 있어서 밤을 따뜻하게 보내는 것이 가능했다.

'어떻게 이들의 말을 아는 거지?'

설유라를 비롯해 일행들은 신기해했다.

유목민들과 대화를 통해 거래를 주도한 것이 천마였기 때문이었다.

처음에는 추위를 견디지 못한 일행들이 정파든 사파든 할 것 없이 유목민들의 '게르'를 약탈하자는 의견이 모아졌었지만, 설유라의 반대로 이루어지지 못했었다.

"아무리 춥더라도 죽을 위기도 아니고, 무림인으로서 민간인을 대상으로 약탈은 허락할 수 없습니다."

그녀의 자존심은 추위를 이겨냈다.

선발대를 이끄는 부단주인 그녀가 반대하니, 어쩔 도리가 없었다.

그런데 여정 내내 무관심하게 지켜만 보던 천마가 유목민들에게 다가가 대화를 나누더니 거래를 텄다고 말하는 것이었다.

덕분에 게르를 조립하는 법을 비롯해, 중원의 털옷보다 따뜻한 털가죽 옷들을 얻을 수 있게 되어 선발대의 분위기가 한결 좋아졌다.

이런 분위기 덕분에 일부 사람들은 천마에 대한 선입견이 누그러졌다.

'…따뜻해.'

설유라는 유목민들에게 받은 털가죽 옷에 만족해했다.

이것이 천마 덕분에 얻은 것이라 생각되자 괜히 기분이 좋아지는 그녀였다.

한데 그러거나 말거나 천마는 여전히 짐수레 위에서 느긋하게 곰방대를 물고 있었다.

'…저놈, 대체 몽고 유목민들이 쓰는 언어를 어떻게 아는 거지.'

자신의 섬세한 계획이 틀어지고 있음을 느낀 문율이었다.

                    *   *   *

몽고고원을 가로지르는 이레째 되는 밤이었다.

밤이 되면 기온이 더욱 떨어져서 이동이 힘들다.

물 가죽 안의 물이 전부 얼었고, 식량들도 전부 딱딱하게 굳어 있었다.

천막인 게르 안의 화덕에 불을 피우고, 물과 음식을 녹이며 저녁 식사 준비가 한창이었다.

설유라가 휴식을 취하는 게르 안으로 사파 출신의 여자 무림인인 모연이 들어왔다.

"설 소저, 식사가 준비됐는데 가시죠."

"아, 네. 고마워요."

게르 중 가장 큰 천막에서 그들은 식사를 한다.

식사를 하러 게르 안으로 들어선 그녀는 주위를 둘러보았다.

한데 천마가 보이지 않았다.

"사마 공자는요?"

"밖에 있을 겁니다."

육수를 우려낸 국물에 말린 야채와 양고기 덩어리를 넣고 있던 묵일청이 답했다.

이에 설유라가 한숨을 내쉬며 말했다.

"후우, 오늘도인가요?"

"뭐, 항상 육포나 벽곡단 같은 것만 먹더군요."

천마는 선발대의 여정이 시작된 후로 같이 식사를 한 적이 없었다.

보급품 중에서 유일하게 먹는 것이 육포와 벽곡단 정도였다.

낮에는 모든 사람이 그렇게 식사를 한다지만, 그는 저녁 식사조차도 거의 그것들로 요기를 채웠다.

"혹시 어디에 있는지 아나요?"

설유라의 질문에 팽가윤이 익살스럽게 젓가락으로 뭔가를 빠는 시늉을 했다.

누구를 따라하는지 모두가 눈치챌 수 있도록 말이다.

"안 봐도 뻔~ 합니다. 근처에 모닥불을 피워놓고 곰방대나 물고 있겠죠. 완전 골초 아닙니까, 푸하하핫."

"호호호, 맞아요. 사마 공자의 입에서 곰방대가 없는 걸 본 적이 없어요."

이에 다들 맞장구를 치며 웃어댔다.

요 며칠 사이, 같이 여정을 떠나며 많이 친해진 선발대원들이었다.

어느 정도 농담 같은 것은 허물없이 건네고 있었다.

물론 예외가 있다면 게르 안쪽 구석에서 젓가락 끝을 물어뜯고 있는 모용월야뿐이었다.

"엇?"

"…나가셨네."

웃고 떠드는 사이에 설유라가 말없이 게르를 나가자 괜히 무안해지는 그들이었다.

그녀는 밖에 나가서 천마를 찾아다녔다.

야영지에 구축한 다섯 채의 게르 바깥으로 네 지점에 모닥불이 피워져 있다.

그곳에는 두 명씩 교대로 불침번을 서는 인원들이 자리하고 있었다.

"대체 어디 간 거지?"

모닥불이 피워진 네 곳 어디에도 천마는 없었다.

불침번들에게 물어보았지만, 그들이 불침번을 서기도 전에 천마는 자리를 비웠다고 했다.

결국 그녀는 천마를 찾기 위해 경공을 펼쳐 허공으로 치솟아야 했다.

"아!"

높이 뛰어오른 그녀는 얼마 떨어지지 않은 곳에 또 다른 모닥불을 발견했다.

모닥불을 향해 경공을 펼쳐서 도착해 보니, 그곳엔 천마가 눈을 감고 명상을 취하고 있었다.

"무슨 용건이지?"

천마가 자리에 가만히 앉아 눈을 감은 채 물었다.

이에 설유라가 한숨을 내쉬며 말했다.

"매일 제대로 된 식사를 거르는 이유라도 있나요?"

"제대로 된 식사?"

"네?"

"제대로 된 식사라면 숙수가 정성껏 차린 것이지."

말장난이라도 하는 건가 생각이 들었다.

하지만 진지하게 말하는 것을 보아선 진심으로 하는 말 같기도 했다.

"농담이시죠?"

"…귀찮게 하지 말고 식사나 해라."

천마는 정말로 귀찮다는 듯이 손을 휙휙 저으며 그녀더러 가라고 했다.

털썩!

"…지금 뭐 하는 거냐?"

가라는 말에도 설유라는 오히려 천마의 옆에 자리 잡고 앉았다.

그녀는 품에서 벽곡단을 꺼내 오독거리며 씹어 먹었다.

천마가 어이가 없다는 표정으로 설유라를 쳐다보자 그녀는 빙긋 웃어 보였다.

"식사하라고 해서요."

"벽곡단을 먹는 게?"

"당신도 저녁으로 먹는 걸, 저라고 먹지 말라는 법이 있나요?"

일리 있는 말이었다.

당차게 말하는 설유라를 보며 천마가 고개를 흔들었다.

최대한 멀리하고 무심하게 구는데도 끊임없이 다가오는 그녀의 고집은 알아줄 만했다.

"저, 바보 아니에요."

뜬금없는 설유라의 말에 천마가 눈썹을 추켜세웠다.

"…무슨 말을 하는 거지?"

"왜 검문을 싫어하는 거죠?"

직설적인 질문에 천마가 눈을 가늘게 떴다.

천마는 선발대의 누구에게나 쌀쌀 맞게 굴었기에 모를 거라 여겼는데, 설유라는 어느 순간부터 알아챘다.

"그래. 바보는 아니군."

"당신이 저나 문 대협을 보는 눈빛을 보면 항상 냉담했어요. 어째서 그런 거죠?"

그녀는 진심으로 궁금했다.

그녀가 가주인 사마염에게 들은 사마영천은 평생을 사마세가에서만 지내온 인물이었다.

그런데 어째서 검문에 대한 원망을 가지고 있는 것일까.

더군다나 사마세가는 사파에서 가장 먼저 정파로 전향과 동시에 항복을 했다.

검문과 척을 지을 이유가 없었다.

"내가 그걸 너에게 얘기할 이유는 없다고 보는데."

"하지만… 읍!"

그녀가 뭔가를 말하려는 찰나에 천마가 손으로 그녀의 입을 틀어막았다.

갑작스러운 그의 행동에 설유라는 당황한 나머지 얼굴이 새빨갛게 물들었으나, 이내 천마의 알 수 없는 표정에 가라앉았다.

이상한 낌새를 느낀 그녀가 물었다.

"왜 그러는 거죠?"

"살기다."

천마의 표정이 심상치 않았다.

그동안 천마를 몰래몰래 유심히 지켜봤던 그녀였다.

사마세가에서 문율과 손속을 겨룰 때조차도 이렇게 심각한 표정을 지은 적이 없었다.

'살기가 요동치고 있다. 급속도로 다가온다.'

강렬한 살기가 가까워지는 것이 느껴졌다.

그 방향은 선발대가 게르로 야영지를 구축한 곳을 향하고 있었다.

찌릿!

순간 온몸이 소름이 돋았다.

방금 전까지 아무것도 인지하지 못했던 설유라 역시도 살기를 감지했다.

"어… 어떻게 이런 살기를……."

"살기'들'이다."

그 말과 함께 천마의 신형이 궁처럼 튕겨져 야영지로 향했다.

설유라 역시도 놀란 눈으로 그를 따라 경공을 펼쳤다.

한편 먼저 식사를 마치고 게르 안에서 휴식을 취하고 있던 문율 역시도 살기를 감지했다.

그 역시도 살기를 내뿜고 있는 것이 하나가 아닌 다수라는 것을 알아챘다.

다급하게 문율이 게르 밖으로 나와 소리쳤다.

"적습이다!"

그 말에 한창 식사를 하고 있던 선발대원들이 게르 안에서 우르르 뛰쳐나왔다.

그들은 급하게 자신들의 병장기를 찾으며 허둥댔다.

이곳으로 오는 지금까지 한 번도 적습을 당한 적이 없었기에 안일해져 있었던 탓이다.

촤아아악!

그때 사방에서 뭔가를 가르는 파공성이 들려왔다.

비명 소리조차 들리지 않는 파공성이었지만, 그들은 왠지 모를 불길함을 느꼈다.

툭! 데굴데굴!

"꺄아아아아아악!"

뭔가 굴러오는 소리와 함께 여자 무림인들이 동시에 찢어질 듯이 소리를 질러댔다.

그것은 바로 불침번을 서고 있던 동료의 잘린 머리였다.

무림의 경험이 일천한 젊은 인재들에게는 잔인한 광경이었다.

휘이이이~

그때 휘파람 소리가 들려왔다.

모두가 긴장된 눈빛으로 휘파람 소리의 진원지를 쳐다보았다.

어둠을 가르고 횃불 사이로 허리에 붉은 혁대를 맨, 검은 복면을 쓴 자가 여유롭게 야영지로 걸어 오고 있었다.

정체 모를 복면인의 등장은 좌중을 불안하게 만들었다.

'이래선 안 되겠구나.'

사기가 침체된 분위기에 문율이 앞으로 나서며 내공을 실어 소리쳤다.

"그대는 누구이기에 갑자기 습격한단 말인가!"

"아······!!!"

사자후와 같은 문율의 우렁찬 외침에 불안에 차 있던 선발대원들이 정신을 차렸다.

심후한 내공이 실린 경고성에도 불구하고, 정체 모를 복면인은 여전히 휘파람을 불면서 주위를 둘러보았다.

마치 물건을 품평하는 것처럼 좌중을 유심히 바라보았다.

"괜찮군. 제법 쓸 만해 보인다."

알 수 없는 복면인의 말에 팽가윤이 울컥하여 반문했다.

"뭣?"

"화경은 본 대주가 처리할 테니, 나머지는 계획대로."

"존명!"

복면인의 말이 끝남과 동시에 사방에서 복창하는 소리가 들려왔다.

놀란 선발대원들이 주위를 둘러보았다.

어느새 야영지 주위를 수십 명의 복면인이 둘러싸고 있었다.

몽고고원의 한복판에서 정체 모를 자들의 기습은 문율로 하여금 당황스럽게 만들었다.

'이자들 정체가 대체 뭐지? 한데 하나하나가 절정이거나 그 이상의 고수들이다. 더군다나 저들의 대장으로 보이는 자는……'

적어도 그와 동급 혹은 그 이상이었다.

화경의 고수인 그조차도 보는 것만으로 실력이 판별되지 않았다.

"시작해라."

붉은 혁대의 복면인의 명이 떨어지자, 순식간에 복면인들이 선발대원들을 향해 공격을 가했다. 야영지는 한순간에 전장으로 돌변했다.

인원은 선발대원들이 좀 더 많았지만, 실력과 경험에서 현저히 밀렸다.

'내가 빨리 이자를 제압하지 않으면 끝장이다.'

문율은 더 이상 망설이면 안 된다고 판단했다.

문율이 품에서 표창 암기를 꺼내, 붉은 혁대의 복면인에게 날렸다.

하지만 기가 실린 암기를 복면인은 맨손으로 쉽게 잡아냈다.

"화경의 경지에 오른 자가 잡스럽군."

"방심은 금물이오!"

어느새 문율의 신형이 복면인의 코앞까지 다가와 있었다.

문율의 오른손의 섭선에서 날카로운 날이 튀어나와 빠르게 회전을 하며 복면인의 가슴을 노렸다.

"좋군!"

복면인이 몸을 뒤로 젖히며, 그것을 피한 후에 문율의 머리로 퇴법을 날렸다.

빠른 응수에 문율 역시 침착하게 장법으로 복면인의 발차기를 막아냈다.

팡!

파공음과 함께 그들 주위로 강한 바람이 일렁였다.

'역시 이자는!'

문율의 표정이 어두워졌다.

고수는 한 수만 겨뤄도 상대를 파악할 수 있다.

붉은 혁대의 복면인은 그와 마찬가지로 화경의 경지에 오른 고수였다.

"내력이 제법인데. 그럼 제대로 해볼까."

놀라는 문율과 달리 복면인은 마치 평가를 하는 것처럼 말했다.

기분 나빠할 틈도 없이 복면인의 손에서 붉은색 강기가 형성되더니, 순식간에 문율의 요혈을 향해 권을 날렸다.

마찬가지로 문율의 섭선에서 흰색 강기가 형성되며, 속사포처럼 날아오는 권강을 막아냈다.

'이 붉은 강기는 뭐지?'

강기는 유형화된다고 해서 특별한 색을 머금지 않는다.

빛을 띤다고 해도 백색과 같은 환한 빛깔을 띠는 것이 일반적이었다.

하나 붉은 강기는 흉악한 기운을 내뿜고 있었다.

"딴 생각을 할 여유가 없을 텐데."

팟!

"큭!"

문율의 어깨로 붉은 강기가 스치자, 그가 고통스러운 듯이 인상을 찌푸렸다.

강기의 대결에서 조금이라도 방심하면 한순간에 끝나고 만다.

'집중해야 한다!'

문율의 눈빛이 진지해졌다.

화경의 고수들이 본격적으로 초식을 펼치며 부딪치자, 그 여파가 상당했다.

그들의 가까이서 싸우고 있던 선발대의 젊은 무림인 중 하나가 튀어 나간 붉은 강기에 맞더니, 단말마의 비명과 함께 그대로 즉사해 버렸다.

"떨어져서 싸워라!"

문율의 외침에 그들 주위에서 싸우던 이들이 멀찌감치 물러났다.

집중하고 있었지만, 문율의 시선은 주위로 분산되고 있었다.

전황이 좋지 않았다.

"끄악!"

비명이 여기저기서 난무했다.

선발대의 실력은 절정을 앞둔 인재들이었지만, 복면인의 대다수가 절정의 고수들이었다.

중간중간에는 초절정의 고수들마저 섞여 있었다.

불과 몇 초식 만에 내상을 입은 묵일청이 피를 토하며 바닥에 무릎을 꿇었다.

"쿨럭… 제… 젠장, 중원도 아니고 이딴 데서 죽는 건가."

"흐흐, 애송아, 잘 가라."

복면인이 음흉한 웃음소리를 내며 묵일청에게 다가왔다.

그 순간.

푹!

가슴이 찢어지는 고통에 복면인이 눈을 부릅뜨고 천천히 고개를 내려 보았다.

복면인의 가슴을 꿰뚫고 피로 물든 손이 그의 심장을 움켜쥐고 있었다.

아직 식지 않은 심장은 고동 소리를 내며 뛰고 있었다.

"아… 아아아……."

"너나 잘 가라."

"끄으으윽!"

손이 뽑히자, 복면인은 신음성과 함께 그대로 죽어버렸다.

묵일청이 놀란 눈으로 복면인을 죽인 자를 올려다보았다.

"사… 사마 형!"

그는 다름 아닌 사마영천이었다.

평소에 그렇게 탐탁지 않게 생각했던 그의 등장이 이리 반가울 줄은 몰랐다.

천마는 복면인에게서 뽑았던 심장을 바닥에 내던졌다.

갑작스러운 천마의 등장에 가까이에 있던 복면인들의 시선이 그에게로 집중되었다.

"감히 네놈이!"

"이런 주목받았네?"

능청스러운 말과 함께 천마의 몸에서 흉흉한 살기가 폭사되어 나왔다.

그 기세가 어찌나 강렬했던지, 복면인들의 태도가 조심스러워졌다.

'이놈은 뭐지? 애송이들과는 다르다.'

복면인들은 본능적으로 천마의 강함을 인지했다.

살기가 짙어지자 천마의 붉은 눈이 더욱 선명하게 안광을 내뿜었다.

"붉은 눈?"

그들은 천마의 붉은 눈을 보자 갑자기 멈칫했다.

그러더니 한 복면인이 천마를 향해 전음을 보냈다.

[썩어 들어가는 대나무 숲을 베어 피로써 정화할지어니?]

그것은 마치 암호를 유도하는 말처럼 들렸다.

"뭐라고 지껄이는 거냐?"

알 수 없는 말에 천마가 신경질을 내자 복면인은 당황스러움을 금치 못했다.

복면인은 이해할 수 없다는 말투로 물었다.

"네놈, 대체 어디서……."

촤아아악!

"컥!"

복면인의 말이 끝나기도 전에 그의 목을 누군가 베었다.

갑작스럽게 복면인의 뒤에서 기습을 한 것은 바로 모용월야였다.

여전히 창백한 얼굴을 하고 있었지만, 평소의 손톱을 물어뜯던 것과 달리 모용월야의 감정이 굉장히 격앙되어 있었다.

"하아… 하아……."

"…못 들었잖아, 망할 애송아."

천마가 인상을 쓰며 화를 내자, 모용월야는 움찔하며 겁을 냈다.

나름 천마를 돕기 위해서 기습한 것이었는데, 화를 내니 멀찌감치 떨어져야겠다는 생각뿐이었다.

"감히! 죽어랏!"

그때 복면인들 중 한 명이 쾌속하게 검을 찔러왔다.

천마가 손을 뻗자, 죽은 복면인이 들고 있던 검이 그의 손으로 빨려 들어왔다.

챙!

천마가 쉽게 검을 막아내자 복면인이 내심 놀라워했다.

'고작 약관에 불과해 보이는데… 강하다!'

복면인의 실력은 초절정을 바라보는 고수였다.

이곳에 투입된 젊은 인재들의 실력을 알고 있었는데, 눈앞의 젊은 남자에게서 느껴지는 기세는 자신과는 비교도 할 수 없음을 느꼈다.

"애송이들이나 상대하는 임무로 생각했는데… 후우, 최선을 다하마!"

"응?"

복면인의 검에서 붉은색 검기가 맺히며 흉악한 검초가 펼쳐졌다.

이에 천마의 표정이 일순간 굳었다.

왜냐하면 복면인의 실력보다 그가 펼치고 있는 흉악한 검법 때문이었다.

"흐흐! 막을 수 없을… 엇?"

천마가 독특한 기수식을 취하더니 출초했다.

채채채채채챙!

"어… 어어엇?"

갑자기 천마의 검초식이 굉장히 빨라졌다.

급속하게 쾌속해지자 복면인이 감당하지 못하고 막는 데만 급급해 밀려 나갈 정도였다.

'이렇게 빠른 검은… 큭!'

챙!

복면인의 검이 저 멀리로 튕겨져 나갔다.

그 순간 천마가 신속하게 파고들더니 복면인의 목을 움켜잡았다.

"으윽!"

움켜쥐는 힘이 어찌나 강했는지, 복면인의 눈에 빨갛게 핏기가 섰다.

고통스러워하는 복면인을 천마가 무섭게 노려보며 말했다.

"네놈들, 혈교의 잔당이냐?"

복면인이 핏기가 선 눈으로 천마를 당혹스러운 듯이 쳐다보았다.

*   *   *

선발대의 야영지에 도착한 설유라는 수많은 복면인의 습격에 당혹스러움을 금치 못했다.

중원도 아닌, 몽고고원의 한가운데에서의 적습이라는 것은 그들을 노렸다는 의미였다.

복면인들의 실력은 선발대원들을 훨씬 상회했다.

'이런……'

문율이 있기에 다행이라고 생각했던 그녀는 자신이 틀렸다는 것을 깨달았다.

화경의 고수인 문율조차도 정체불명의 화경의 고수와 생사의 혈투를 벌이는 중이었다.

선발대의 절반 가까이가 벌써 바닥에 차가운 주검이 되어 있었다.

모두가 목숨을 걸어야 하는 절체절명의 상황이었다.

'이곳은… 사선이구나.'

검황의 그늘을 벗어나 처음으로 맛보는 위기의 상황에 그녀의 눈은 비장해졌다.

설유라가 검을 뽑았다.

그리고 경공을 펼치며 야영지의 한가운데로 파고들어 갔다.

갑작스러운 설유라의 등장에 복면인들의 시선이 그녀에게로 집중되었다.

"허어, 가히 절색이로다!"

"반반한 계집이 있었구나! 흐흐흐."

어두운 전장 속에서도 빛나는 그녀의 아름다운 얼굴은 적들조차 감탄케 만들었다.

물론 복면인들 중에는 음욕의 눈빛을 머금은 자도 있었다.

"마음대로 떠드세요. 당신들을 베겠습니다!"

설유라 검을 높게 들며 유성검법의 기수식을 취했다.

그녀가 내공을 끌어 올리자, 검신을 타고 밝은 빛이 일렁이며 흰 검기가 발했다.

그러고는 복면인들에게로 유성검법의 검초가 밤하늘의 유성처럼 파고들었다.

"이… 이건?"

예상치 못한 절세의 검초에 당황한 복면인 중 한 명이 허둥지둥 붉은 검기를 끌어 올려, 그녀의 유성검법의 검초를 막았다.

그 순간, 놀라운 일이 벌어졌다.

복면인의 검에 실려 있던 붉은 검기가 산화되며 검이 부러졌다.

"서… 선기(仙氣)?"

복면인이 경악하며 외쳤다.

사악한 기운을 가졌던 붉은 검기는 그녀의 검기와는 상극이었다.

천 년 전, 검의 선인이라 불렸던 검선의 선천공(仙泉功).

그것은 선기를 쌓는 선도(仙道)의 신공이다.

"네… 네년, 대체 정체가 뭐냐? 무당의 제자이냐? 아니면… 서… 설마?"

"저는 검문의 제자인 설유라입니다!"

"검문?"

검문이라는 말에 복면인들의 표정이 묘하게 바뀌었다.

그들의 계획에 전혀 상정되지 않은 인물이 나타난 것이었다.

"오세요. 아니면 제가 갑니다!"

복면인의 검을 부순 것은 그녀의 사기를 충전시켜 주는 역할을 했다.

스스로의 무력에 자신감을 찾은 그녀가 먼저 복면인을 향해 공격을 가했다.

그러나.

챙!

'막았어?'

검이 부러진 복면인과는 달리 옆에 있던 복면인은 그녀의 검을 쉽게 막아냈다.

그녀의 검을 막아낸 파란 혁대를 매고 있는 이 복면인은 이곳을 습격한 이들 가운데, 다섯 초절정의 고수들 중 한 명이었다.

"검문의 제자는 내가 맡을 테니, 너희들은 다른 녀석들을 마무리해라."

"네, 부대주!"

파란 혁대의 복면인의 명을 받은 복면인들이 주위로 흩어졌다.

이에 당황한 설유라가 그에게서 벗어나 다른 복면인들을 먼저 제압하려 했다.

그러나 그녀의 앞을 막아서는 파란 혁대의 복면인에 가로막혔다.

"비키세요!"

"그럴 수야 있나. 검선의 후예와 겨룰 수 있는 기회를 놓칠 수야 없지."

파란 혁대의 복면인의 눈빛에는 호승심이 가득했다.

그녀가 그것을 알아보지 못할 리가 없었다.

자신보다 강한 자와 대련을 해본 적은 있지만, 생사투를 나뉘본 적은 없다.

'긴장해라, 설유라!'

그녀는 자신을 다독였다.

눈 깜짝할 사이에 파란 혁대의 복면인의 붉은 검기를 머금은 검이 무섭게 그녀의 요혈을 노리고 들어왔다.

설유라가 침착하게 촘촘한 검망을 만들어 복면인의 검을 막았다.

조금이라도 실수한다면 그녀는 목숨을 잃는다는 것을 알기에 신중했다.

한편.

문율과 붉은 혁대 복면인의 승부의 끝이 보이기 시작했다.

같은 화경이더라도 그 실력의 차가 극명했다.

문율이 화경 초입의 고수라고 한다면, 복면인은 화경의 끝을 달리는 자였다.

하지만 가장 큰 문제는 병장기였다.

"쿨럭!"

문율이 선혈을 토했다.

내상이 심한지 얼굴색이 창백했다.

복면인의 손에는 문율에게서 빼앗은 섭선이 들려 있었다.

복면인이 내공을 집중해 한철로 만든 섭선을 우그러뜨리고는 쓰레기처럼 바닥에 던졌다.

"재미없는 싸움이 되었군."

"쿨럭, 아직… 끝나지 않았소."

문율은 내상이 심했지만 무릎을 꿇지 않았다.

자신마저 쓰러진다면 선발대가 전멸한다.

엄밀히 얘기하면 선발대 따위는 아무래도 좋다. 오직 검황의 제자인 설유라를 지켜야 했다.

"아쉬워. 이런 섭선 따위가 아니라 네놈이 도를 들었다면 좋은 승부가 되었을 텐데 말이야."

복면인의 말에 문율의 표정이 굳었다.

섭선으로 가려져 있는 문율의 무공의 근원을 찾아냈다.

만약에 문율이 도를 들었다면 이렇게 쉽게 밀리진 않았을 것이다.

"쿨럭……. 대체… 네놈들의 정체가 뭐냐? 어째서 이곳까지 나타나서……."

"클클, 하긴 궁금하겠지. 이런 세외에서 습격을 당했으니."

복면인의 말투에서 문율은 확신할 수 있었다.

이들은 선발대를 확실하게 노리고 공격해 왔다는 사실을 말이다.

'어디서부터 정보가 샌 거지?'

이해할 수 없는 것은 북벌 선발대에 관한 정보는 철저하게 숨겨져 있었다.

각파의 주요 인물들이 안다고 해도, 후계자들과 인재들을 볼모로 삼았으니 이런 일을 저지를 리는 만무했다.

"대주."

그때 부러진 검을 들고 있는 한 복면인이 나타났다.

전음으로 뭔가를 전달하는지 조용하게 눈빛만을 교환하고 있었다.

붉은 혁대의 복면인이 고개를 갸웃거리더니 문율을 향해 말했다.

"흐음, 계획에 없던 일인데."

"……?"

"원래 검문의 제자는 예정이 없지 않았나? 문율."

"……!!!"

복면인의 말에 문율의 표정이 일순간 싸늘하게 굳어졌다.

이들은 자신들의 북벌 선발대에 관해서 너무도 자세히 알고 있었다.

단 하나 북벌 계획에 어긋났던 점은 설유라의 고집으로 인한 그녀의 참전이다.

'설마… 검문에 내통자가?'

문율의 머릿속을 스치며 한 사람이 떠올랐다.

[문 공, 부디 설 사매가 고집을 부리더라도 임무가 완료되면 본 문으로 돌아오게 부탁합니다.]

검황의 둘째 제자인 라현종이 임무를 떠나기 전날에 부탁했던 말이었다.

검문의 사람들이라면 누구나 라현종이 막내 사제인 그녀를 얼마나 좋아하는지 모르는 자가 없다.

그렇기에 당시에는 별생각 없이 받아들였었다.

"어떻게 할까요?"

부러진 검을 든 복면인의 말에 붉은 혁대의 복면인이 아무런 망설임 없이 답했다.

"그녀에 대한 특별한 언급이 없었으니, 클클, 계획대로 한다. 처리해라."

"누가 누구를 처리한다는 거냐!"

다 쓰러질 것 같던 문율에게서 살기가 폭사되어 나왔다.

비록 문율은 야망이 큰 자였지만, 검황에게 받은 은혜가 있기에 그를 따랐다.

그에게 있어서 검황의 제자는 소중한 은인의 자식과도 마찬가지였다.

"다 죽어가는 놈이 뭘 어찌한단 말이냐, 클클."

무시하는 붉은 혁대의 복면인의 말에 문율의 눈초리가 날카로워졌다.

문율의 손에 기가 고조되면서 강기가 형성되어 갔다.

그것은 단순한 강기가 아니었다.

"호오, 도강!"

문율의 손에 형성된 도 형태의 강기에 붉은 혁대의 복면인이 흥미로운 반응을 보였다.

손으로 도강을 형성할 정도면 도로써 경지에 올랐음을 의미한다.

"이제야 재미있어지겠군. 과연 나를 쓰러뜨리고 이들을 구할 수 있을까. 지금쯤이면 슬슬 정리가 되었을……."

찌릿!

복면인의 시선이 돌아갔다.

어느 순간 의식하지 못했는데, 한창 주위에서 싸우고 있던 이들이 보이지 않았다.

챙챙챙!

분명 병장기 소리가 격하게 들리고 있으나, 게르들에 가려진 반대쪽 방향에서만 들려왔다.

문율과 그가 있는 쪽의 바닥에는 쓰러진 선발대원들의 주검이 넘쳐났다.

그런데 다른 복면인들이 보이질 않았다.

챙챙챙!

병장기가 부딪치는 굉음 소리들로 봐서는 아직 싸우고 있었다.

'아직 버티고 있는 녀석들이 있나? 애송이들로만 알았는데,

제법이군.'

붉은 혁대의 복면인이 부러진 검을 들고 있는 복면인을 쳐다보았다.

이에 복면인이 고개를 끄덕이며 병장기 소리가 집중되는 곳으로 향했다.

'우측보다 좌측에서 들리는 소리가 크다. 아직 처리하지 못한 건가.'

우측에는 검황의 제자인 설유라가 다섯 부대주들 중 한 명과 싸우고 있었다.

복면인이 게르를 넘어 좌측으로 향했다.

"이… 이럴 수가……."

복면인은 눈앞에 벌어지는 광경에 당황스러움을 금치 못했다.

대부분의 선발대원들은 싸늘한 주검이 되어 있었다.

고작해야 살아남은 선발대원은 단 한 사람에 불과했다.

그러나 그 단 한 사람이 문제였다.

채채채채챙!

검과 검이 부딪치는 소리가 어찌나 쾌속한지 귀가 찢어질 것만 같았다.

그 광경에 놀란 것은 부러진 검의 복면인뿐만이 아니었다.

열 명 정도 되는 복면인들이 넋을 놓고 바라보고 있었다.

파란 혁대의 세 명의 초절정의 복면인이 단 한 사람을 상대로 고전을 면치 못하고 있었다.

"이게 무슨 일인가?"

부러진 검의 복면인이 다른 복면인 중 한 명을 붙잡고 물었다.

이에 복면인이 떨리는 목소리로 말했다.

"그… 그게 우리도 남은 녀석들을 처리하고 이쪽으로 왔더니 부대주들이 저 괴물 같은 놈과 싸우고 있었네."

그리고 복면인이 주위를 손으로 가리켰다.

주위에는 수많은 복면인의 주검으로 가득했다.

시체는 온전한 것이 없었다.

"저… 저건 설마 부… 부대주?"

그중에는 부대주 중 한 명의 시신도 있었다.

초절정의 고수 중 한 명이 당한 것이었다.

온몸이 잘려 나가서 그나마 누군지 알아볼 수 있었던 것도 파란 혁대 조각 때문이었다.

"고작 해야 문율이란 놈을 제외하곤 애송이들로 알고 있었는데."

이건 애송이 수준이 아니었다.

이곳에 모인 복면인들은 전부 절정의 고수들이었다.

그런 그들조차 쾌속한 검초를 육안으로 판별하기 힘들 정도였다.

"설마… 화경의 고수란 말인가!"

"아니야. 화경은 아니야. 강기를 쓰진 않아."

엄청난 검술 실력으로 세 명의 초절정의 고수를 상대하고 있었지만 강기를 쓰진 않았다.

그것으로 오히려 대단하다는 걸 알 수 있었다.

일대일로는 부대주들이 도저히 감당하지 못할 검의 고수였다.

'괴물 같은 놈!'

구경하는 복면인들이 이러하니, 당사자들인 부대주 세 명은 죽을 맛이었다.

내력에서는 큰 차이가 없었으나 초식에서 밀렸다.

'이놈의 정체는 대체 뭐야? 이런 검법을 본 적이 없는데.'

'우리 쪽이 아니면 누구인 거지?'

그들은 피처럼 붉은 눈이 무엇을 의미하는지 안다.

그렇기에 앞서 다른 복면인들과 마찬가지로 암호로 접선했던 그들이었다.

하지만 다짜고짜 살수를 날리는 바람에 어느새 이 지경까지 와버렸다.

'이놈을 제압해야 알아낼 수 있는데, 큭!'

초절정의 고수 세 명과 겨루면서 팽팽함을 잃지 않는 괴물은 다름 아닌 천마였다.

천마는 상상을 초월하는 쾌속함으로 세 명을 밀어붙이고 있었다.

하지만 이마에 맺힌 땀방울만 보아도 그는 상당히 무리하고 있었다.

'젠장, 내력이 모자라는군.'

아무리 초식에서 앞선다고 해도 상대 역시도 초절정 고수였다.

이들을 상대하기 전에 이미 열 명의 넘는 절정의 복면인과 초절정 복면인을 상대하느라 상당한 내력 소모가 있었다.

'서둘러야 한다.'

내력의 분배를 생각했을 때, 빨리 승부를 내야 했다.

하지만 아무리 천마라고 해도 초절정 고수들의 연계를 단숨에 격파하는 것은 쉽지 않았다.

쾌검으로 정신없이 몰아치는데도 버거워하면서도 잘 버텨냈다.

"무늬만 초절정은 아닌가 보군."

"이 건방진 놈이!"

도발하는 천마의 말에 그들의 눈빛이 달라졌다.

무인으로서 모독을 느꼈기 때문이었다.

그렇지 않아도 세 명이 연계를 하는 것에 대해서 자존심이

상해하던 그들이었다.

그 작은 감정적 변화는 치명적인 실수를 낳았다.

다른 무인들과 달리 천마는 작은 틈만 있어도 반전을 꾀할 수 있는 검의 고수였다.

픽!

"컥!"

검을 휘두르는 사이로 천마의 발 차기가 날아와 좌측 복면인의 복부에 꽂혔다.

내공이 실린 발 차기에 자세가 흐트러지자, 세 명의 연계에도 빈틈이 생겨났다.

채채채채챙!

푹!

"크헉!"

우측에 있던 복면인의 어깨로 검이 꿰뚫고 지나갔다.

강기가 아니더라도 천마의 현천신공에 실린 검기가 상처를 타고 흐르자, 그 고통에 우측의 복면인이 검을 떨어뜨렸다.

"안 돼!"

"안 되긴 뭐가 안 돼?"

촤악!

고통의 비명을 지를 틈도 없었다.

순식간에 천마의 검이 번쩍하더니, 우측 복면인의 목이 너무도 쉽게 날아가 버렸다.

세 명일 때 겨우 균형을 맞추던 게 둘이 되었다고 해서 맞춰질 리가 없었다.

"마무리를 지어보실까."

천마의 살기 어린 목소리에 두 복면인이 긴장했다.

바로 그때.

"잠깐! 검황의 제자가 죽는 것을 보고 싶지 않다면 멈춰라."

갑작스러운 협박에 천마의 시선이 목소리의 진원지로 향했다.

그곳엔 파란 혁대를 맨 다른 복면인이 서 있었다.

복면인은 머리채를 움켜쥐고 정신을 잃은 누군가를 끌고 왔는데, 그녀는 다름 아닌 설유라였다.

설유라의 붉게 물든 옷을 보아하니 복부 쪽을 다쳤는지, 출혈이 심해 보였다.

촤악!

그러나 천마는 손을 멈추지 않았다.

인질을 잡았다는 데 방심하던 복면인 중 한 명의 목이 날아갔다.

선발대에서 가장 중요한 검문의 여제자를 붙잡았으니 당연히 멈출 거라고 생각했는데 그것은 오산이었다.

"감히! 네놈이 정녕 이년의 목숨이 중요하지 않나 보구나."

"멍청한 놈. 다 죽어가는 계집의 목숨 따위가 뭐가 중요하다는 거냐."

"뭐… 뭣?"

황당할 정도로 정말로 개의치 않는다는 말투였다.

"그 정도의 출혈이면 살지 못하겠군. 죽여."

"뭐… 뭐야?"

천마의 냉정한 말에 설유라의 머리채를 움켜쥐고 있던 파란 혁대의 복면인이 어이없어 했다.

하지만 천마의 상황 판단이 옳았다.

선발대원이 전멸한 상황에서 다 죽어가는 그녀를 구한다는 것은 어리석은 행동이었다.

그리고 검문의 제자를 위해 목숨을 내던질 생각도 애초부터 없었다.

'칫, 인질로써 효용 가치가 없다면.'

파란 혁대의 복면인이 그녀를 내팽개쳤다.

죽이지 않은 것은 다행이지만 설유라의 상태로 보아서 오래갈 것 같지 않았다.

'화경 한 명, 초절정 두 명, 절정이 서른 명 정도.'

지금 천마가 느끼는 기운들이었다.

혈교와 연관이 있다는 것을 알아냈기에 한 명씩 고문을 해서라도 조사를 하고 싶지만, 상황이 여의치 않았다.

원래의 경지에 반도 회복되지 않은 상황에서 적들의 전력을 극복하는 것은 무리였다.

　'문율은… 죽어가고 있군.'

　건너편에서 느껴지는 문율의 기운이 점차 옅어지고 있었다.

　문율이 패배하는 순간, 화경의 고수가 이곳을 향해 들이닥칠 것이다.

　고민을 하던 찰나에 천마가 뭔가를 감지했다.

　'이건……'

　바닥을 타고 흐르는 미세한 진동.

　중원에서 이곳으로 온 복면인들은 몰랐지만, 그것은 몽고의 고원을 유목하는 부족들이나 동물들에게는 익숙한 진동이었다.

　이를 눈치챈 천마의 행동은 매우 빨랐다.

　"역시!"

　갑자기 설유라 쪽에 있는 파란 혁대의 복면인을 향해 천마의 신형이 쇄도했다.

　기습적인 공격에 당황하지 않고 복면인이 검을 들어 방어 초식을 펼쳤다.

　"아닛?"

　자신을 공격할 거라 여겼었는데, 천마가 그를 지나쳤다.

　천마가 노린 것은 그가 아니었다.

팍!

모닥불을 향해 쇄도한 천마가 그것을 향해 손을 위로 뻗자, 타고 있던 불꽃 조각들이 허공으로 치솟았다.

갑작스러운 천마의 알 수 없는 행동에 복면인들이 의아함을 감추지 못했다.

"무슨 속셈인 거냐, 이놈!"

파란 혁대의 복면인이 천마를 향해 검초를 날렸다.

천마는 여유롭게 그것을 막으며 의미심장한 미소를 지었다.

'뭐지? 이놈, 왜 웃는 거지?'

복면인들은 천마의 웃음에서 불길함을 느꼈다.

그 순간 복면인들의 눈빛이 당혹스러움으로 가득 찼다.

두두두두!

바닥을 울리는 강한 진동을 느낀 것이었다.

그 진동은 이곳 피비린내로 가득한 야영지를 향해 가까워지고 있었다.

이런 진동에 익숙하지 않은 그들조차도 이것이 의미하는 바를 알아챌 수 있었다.

"이 소리는 설마……."

"기… 기마 부대다!"

이것은 수백 마리 그 이상의 말이 달려야 날 수 있는 진동이었다.

몽고의 넓은 고원에는 수많은 기마 부족이 존재한다.

복면인들이 간과했던 것은, 이들 기마 부족들이 밤낮 할 것 없이 하루에도 수십 번씩 영역 전쟁을 치른다는 점이었다.

그렇기에 선발대가 상인으로 변장까지 해가며 주의를 기했던 것이었다.

"젠장!"

그제야 복면인들은 천마가 왜 모닥불의 불꽃을 하늘로 날렸는지 알아챘다.

불꽃으로 위치를 노출시킨 것이었다.

그들이 눈치챈 것과 동시에 어두운 하늘을 가르는 날카로운 소리들이 들려왔다.

피유우우우!

파파파파팍!

"크악!"

"컥!"

방심하고 있던 복면인들의 일부가 화살에 맞았다.

엄청난 숫자의 화살들이 하늘을 뒤덮으며 야영지를 향해 쇄도해 왔다.

복면인들은 갑작스럽게 날아오는 화살을 막기 위해 검을 휘두르며 방어 초식을 펼쳤다.

한순간에 야영지는 아수라장이 되었다.

푹!

"아악! 쿨럭!"

바닥에 쓰러져 정신을 잃고 있던 설유라의 등에 화살이 꽂혔다.

화살이 꽂히는 고통에 그녀는 정신을 차렸지만 상태가 좋지 않은지 피를 토했다.

파파팍!

채채채챙!

천마가 날아오는 화살을 검으로 쳐내며 복면인들 중 하나를 노렸다.

한 명만 잡아서 이곳에서 벗어날 생각이었다.

기마 부대까지 엮인 이상, 서둘러서 도망쳐야 했다.

'젠장.'

그때 천마의 눈에 화살을 맞고 힘없이 죽어가는 설유라가 보였다.

검문의 제자인 그녀가 죽든 말든 상관없었다.

하지만 죽어가는 그녀의 눈과 마주치는 순간, 천마는 알 수 없는 고민에 사로잡혔다.

그녀가 힘없이 벙긋거리는 입을 보았기 때문이었다.

'도… 망… 가… 요.'

"빌어먹을!"

천마는 격하게 욕설을 내뱉으며 신형을 날렸다.

복면인들이 정신없이 화살을 막는 틈으로 천마가 빠르게 경공을 펼치며 그녀를 낚아채 안았다.

천마의 품에 안긴 설유라는 고통스러워하면서도 눈을 동그랗게 떴다.

당연히 그가 자신을 버리고 갈 거라 여겼다.

"쿨럭쿨럭!"

"어깨로 들쳐 맬 거니깐, 죽기 싫으면 호흡을 가다듬어라!"

설유라는 떨리는 눈으로 고개를 끄덕였다.

천마가 그녀의 등에 박혀 있는 화살대를 부러뜨린 뒤, 어깨로 그녀를 들쳐 맸다.

양손으로 그녀를 안았다가는 같이 죽기 십상이었다.

그때.

"나… 나도 같이 데려가!"

천마는 옆에서 들리는 목소리에 어이가 없다는 눈빛으로 쳐다보았다.

다름 아닌 모용월야였다.

격전 중에 조금씩 온몸이 피범벅이 된 그는 적들이 너무 강하다고 생각해 바닥에서 죽은 척하며 버티고 있었다.

그런 도중 갑자기 화살이 날아오자 더 이상 연기를 할 수 없었다.

"하?"

질긴 생명력에 천마가 어이가 없다는 듯이 소리쳤다.

"미친놈, 죽은 척하고 있던 거냐?"

"저들이 너무 강해서… 그… 그게……."

"닥치고 네놈이 알아서 도망쳐라!"

천마는 그를 쏘아붙이고는 경공을 펼쳐서 가버렸다.

'빌어먹을! 역시 마음에 안 들어!'

상황이 급박한지라 모용월야는 속으로 욕을 하며 천마의 뒤를 따라 경공을 펼쳤다.

순식간에 야영지로 기마 부대가 들이닥쳤다.

수백 마리의 말을 탄 기마병들이 들이닥치자, 아무리 절정의 고수들이더라도 버텨낼 재간이 없었다.

경공을 펼치며 이리저리 피하는 수밖에 없었다.

야영지에서 벗어났다고 생각한 천마가 눈을 크게 뜨더니, 몸을 우측으로 뒤틀며 회전했다.

촤아아아아악! 푸욱!

"큭!"

순간 천마의 왼쪽 어깨로 화살이 관통하고 지나갔다.

아무리 화살이더라도 기로써 몸을 보호하기에 쉽게 관통할 순 없었다.

천마가 고통에 인상을 쓰며 뒤를 돌아보았다.

기마대로 휩쓸리고 있는 야영지에서 희미하게 보이는 붉은 안광.

'붉은 눈?'

천마의 동공이 흔들렸다.

그러나 천마는 경공을 멈추지 않았다.

22장
숨겨진 궁가 마을

한바탕 휩쓸린 야영지.

그곳에는 수많은 시체와 벌건 혈흔이 낭자해 있었다.

밤새 얼마나 많은 이가 죽었는지 헤아리기 힘들 정도였다.

곳곳에 말의 사체들이 널려 있는 것을 보아서, 복면인들이 살기 위해 부단히 반항했음을 알 수 있었다.

그러나 아무리 뛰어난 무림인들이라고 해도 일 천에 육박하는 기마병을 상대로 버티는 것은 무리였다.

탁타탁!

밤새 타고 남은 모닥불에 희미한 연기가 피어오르고 있었다.

게르는 다 부서져서 그 형태를 잃었다.

그런 폐허와 같은 야영지 사이에 검은 죽립의 복면인이 주위를 훑어보고 있었다.

복면인은 뭔가를 찾는 것처럼 두리번거리더니, 이윽고 자리를 뜨려 했다.

바그락!

그때 부서지고 일그러진 게르 사이에서 뭔가 움직이는 소리가 났다.

복면인이 등에 차고 있던 검집에서 검을 뽑았다.

그러나 이내 그것을 집어넣었다.

"살아 있었군."

부서진 게르 사이를 뒤집고 나온 자는 붉은 혁대를 매고 있는 남자였다.

검은 무복이 찢겨져 있고, 은은하게 붉은빛이 날 정도로 피에 절어 있었다.

"크흠, 예상치 못한 변수였네."

"별다른 희생이 없을 줄 알았는데."

"기마 부족이 개입할 줄은 몰랐지. 그런데 자네가 이곳에 왜 온 거지?"

"그분의 명으로."

"아아……."

그분이라는 말에 붉은 혁대의 남자의 눈에 이채가 띠었다.

다른 것은 몰라도 그분의 명이라면 자신이 궁금해하거나 물어볼 권한은 없었다.

붉은 혁대의 남자는 불편하다는 듯이 얼굴에 뒤집어썼던 복면을 벗어던졌다.

"종일 쓰는 것도 힘들군. 자넨 이걸 어찌 매일 쓰는지 모르겠어, 클클."

오른쪽 뺨에 흉터가 그어진 중년인이었다.

놀랍게도 중년인의 동공은 붉은 빛깔을 띠고 있었다.

그런 중년인을 보며 검은 죽립의 복면인이 물었다.

"북무림의 작전은 실패군."

"뭐, 보는 대로 건질 것도 없네."

중년인이 주위를 손으로 가리켰다.

야영지를 뒤덮고 있는 수많은 시신 중에 멀쩡한 것이 없었다.

대다수의 시신이 말발굽에 짓이겨져 있었고, 화살이 빼곡하게 꽂혀 있어서 바라보는 것조차도 힘들었다.

"그분의 노여움을 피하긴 힘들 걸세."

"어쩔 수 있겠나."

중년인이 씁쓸하게 웃었다.

그런데 복면인이 알 수 없다는 말투로 중년인에게 물었다.

"그건 언제까지 꽂고 있을 거지?"

중년인의 허벅지에는 검이 꽂혀 있었다.

밤새 기마병과 격전을 치르느라 그것을 뽑고 지혈할 틈도 없었다.

지친 나머지 중간에 부서진 게르에 숨어서 상황을 지켜보다 기마대가 물러나자 잠이 들었던 중년인이었다.

"제길, 깜빡하고 있었군."

중년인이 화가 난 목소리로 자신의 허벅지에 꽂혀 있던 검을 뽑았다.

검을 힘껏 뽑아내니 피가 분수처럼 뿜어져 나왔다.

"흡!"

탁탁!

중년인이 허벅지 쪽에 혈도를 짚자, 뿜어져 나오던 피가 그쳤다.

바닥에 내팽개쳤던 복면 조각을 집어 들더니 길게 찢어서 허벅지를 감싸고 지혈했다.

"자네에게 상처를 입히다니, 문율이라는 자가 제법이었나 보군."

"아니, 이건 문율이 아닐세."

"음?"

어젯밤의 일이 중년인의 머릿속을 스치고 지나갔다.

기마병이 쏘았던 화살을 낚아채서 도망치는 자를 향해 강기를 실어 던졌다.

그런데 그놈이 몸을 비틀더니 동시에 검을 던졌다.

'빌어먹을! 만약에 놈이 검에 강기를 실었다면 나 역시 허벅지를 관통당했겠지. 무서운 놈이다.'

그 짧은 순간에 반격을 했다.

일부러 다리를 노리는 바람에 추격할 수 없었다.

대단하다고밖에 할 수 없는 자였다.

중년인은 적에게 한 방 먹었다는 것을 인정하면서도 자존심에 금이 갔다.

"나는 그분의 명을 마저 수행해야 하네. 자네는 이대로 복귀해야겠군."

"아니, 나는 복귀하기 전에 해결할 일이 있네."

복수심으로 가득 찬 중년인의 눈빛을 보며 복면인이 작게 숨을 내쉬었다.

그는 복면인이 알고 있는 자들 중에서 자존심이 제일 강한 자였다.

실력만으로는 조직에서 열 손가락 안에 꼽히면서도, 일개 대주의 자리에 있는 건 특유의 자존심으로 인해 일을 그르친 것이 한둘이 아니었다.

"그 다리로는 힘들 텐데."

"그리 오래 걸리지 않을 걸세."

중년인의 단호한 목소리에 복면인은 아무 말 없이 사라졌다.

중년인은 자신의 허벅지에 꽂혀 있던 검을 밟아 부러뜨리며 전의를 다졌다.

＊   ＊   ＊

해가 저물고 늦은 저녁 무렵.

야영지로부터 북쪽으로 오백 리 정도를 거슬러 올라가면 몽고고원을 벗어나 북쪽 세외에 지역에 이른다.

흔히 북쪽 세외 지역은 사시사철 눈보라가 몰아치는 한지로 여기지만, 울창한 침엽수림의 산과 초원으로 이루어졌다.

물론 그 기온은 중원과는 비교할 바가 안 될 정도로 엄청나게 춥다.

산봉우리에 쌓인 눈이 듬성듬성 녹지 않은 상태인 것만 봐도 알 수 있다.

몽고고원을 벗어난 어느 산등성이의 동굴.

어두운 동굴에 모닥불이 피워져 있었고, 불 곁에 낮은 숨소리를 내며 누워 있는 여인이 있었다. 그녀는 바로 설유라였다.

혈색이 창백한 그녀의 상태는 썩 좋아 보이지 않았다.

그 옆에는 천마가 가부좌 상태로 운기조식을 취하고 있었다.

천마의 왼쪽 어깨 부근이 붉게 물들어 있는 것을 보아선 그 역시도 출혈이 컸음을 알 수 있었다.

저벅저벅!

한참을 운기조식하는 찰나에 누군가 동굴로 걸어 들어오는 소리가 들려왔다.

그 소리에 천마가 눈을 떴다.

동굴로 들어오는 이는 다름 아닌 모용월야였다.

그는 힘겹게 뭔가를 질질 끌고 오고 있었다.

"뭐가 이렇게 느려 터진 것이냐."

천마의 다그침에 모용월야는 울상이 된 얼굴로 말했다.

"이, 이것도 겨우 발견한 건데!"

모용월야가 끌고 온 것은 회색 늑대의 사체였다.

식량이 될 사냥감을 구하기 위해 사방을 뛰어다니며 온갖 고생을 한 그였다.

무리 습성이 강한 늑대를 사냥하려 하니, 한꺼번에 덤벼드는 통에 더욱 시간이 걸렸던 것이다.

"사지도 멀쩡한 놈이, 쯧쯧."

혀를 차는 천마의 말투에 괜히 주눅이 든 모용월야는 붉게 물든 옷가지로 둘러싼 왼손을 매만졌다.

'빌어먹을……'

도망치는 와중에 본인의 관통된 상처를 눈 하나 꿈쩍하지 않고 불로 지져서 출혈을 막은 천마의 행동에 기가 질렸다.

"젠장! 내가 바보지. 당신 같은 미친놈을 따라 도망치는 것이 아닌데."

모용월야는 그런 천마를 보며 자신도 모르게 육성으로 생각을 내뱉고 말았다.

그 말을 들은 천마의 행동은 간결했다.

뿌득!

"끄아아아아아아악!"

그 자리에서 모용월야의 왼쪽 엄지손톱을 뜯어내 버렸다.

"비, 빌어먹을 개자식!"

참을 수 없는 고통에 눈이 돌아간 모용월야는 천마에게 제압당했던 사실도 잊고, 광기에 차서 덤볐지만 결과는 더욱 처참했다.

구타에 가깝게 패버린 후에 왼손에 있는 손톱을 모조리 뜯어버렸다.

'악마 같은 놈!'

그러니 모용월야가 천마를 겁내는 것도 당연했다.

말투 역시도 상당히 공손해져 있었다.

"그걸 그대로 먹으라는 거냐?"

"네? 그… 그게……."

천마가 늑대의 사체를 가리키며 묻자, 모용월야는 어쩔 줄 몰라 했다.

무림에 대한 경험을 떠나서, 노숙에 대한 경험 자체가 전무한 그였다.

천마가 혀를 차며 고개를 절레절레 흔들더니, 자리에서 일어나 늑대의 사체를 가지고 바깥으로 나가 버렸다.

얼마 있지 않아 천마가 들고 온 것은 가죽을 벗겨서 깨끗이 씻은 고깃덩어리였다.

'나랑 나이 차도 안 나보이는데, 못하는 게 없네.'

눈치를 볼 만큼 천마를 계속 지켜봐 온 모용월야였다.

그가 지켜본 천마는 또래에 걸맞지 않게 경험이 풍부했다.

무공을 할 줄 알아 사냥은 했지만, 저렇게 고깃덩어리를 손질하는 것은 전혀 할 줄 모르는 그로서는 천마가 신기하기만 했다.

어느새 꼬챙이까지 만든 천마는 모닥불에 고기를 굽기 시작했다.

시간이 흐르자 동굴에는 고기 굽는 냄새와 눈이 매울 정도로 매캐한 연기가 가득 찼다.

꼬르르륵!

모용월야의 배에서 소리가 났다.

도망치느라 정신없었던 상황이었지만, 이렇게 고기 굽는 냄새를 맡으니 배가 고파졌다.

'쯧, 출혈만 없었어도.'

평소라면 간단한 요깃거리만으로도 괜찮지만, 관통상으로 인해 피를 많이 흘렸다.

빠른 회복을 위해서 든든하게 먹어야만 했다.

고기만큼 이에 부합하는 것도 없었다.

"옛다."

"아아!"

고기가 다 익자 천마는 다리를 통째로 뜯어 모용월야에게 넘겼다.

한 번도 늑대 고기를 먹어본 적 없는 모용월야였지만, 배가 고프긴 했나 보다.

그는 잠시 망설이더니 허겁지겁 그것을 뜯어먹었다.

한참을 식사하던 중에 모용월야는 허기가 가셨는지, 그제 야 누워 있는 설유라를 의식했다.

"뭘 그리 멀뚱히 쳐다보는 거냐?"

"그냥 시… 신경이 쓰여서……."

"신경이 쓰인다면 얼른 먹기나 해라. 곧바로 출발해야 하 니."

"뭐?"

천마의 말에 모용월야의 얼굴이 사색이 되었다.

그들이 이곳에 도착한 지 겨우 두 시진도 미치지 못했다.

더군다나 자신은 쉬지도 못하고, 돌아다니면서 사냥까지 했는데 곧장 출발한다고 하니 사색이 되는 것도 당연했다.

"뭘 그리 놀라는 거냐. 응급처지를 했어도 저 정도면 치료를 제대로 받아야 한다."

설유라의 상세는 현재로서 나쁘다고 할 수 있었다.

천마는 자신의 상처를 불로 지지면서 그녀의 복부에 깊게 패인 검상이나 등에 화살이 꽂힌 곳도 불로 지져 소독 겸 지혈을 했다.

그녀가 정신을 차린다면 배에 난 화상 자국에 여자로서 충격을 받을지도 몰랐다.

"내공으로 치료라도 하는 건……."

"그걸로 될 성싶으냐."

이미 동굴에 와서 금창약을 바르고 내공으로 치료를 했던 천마였다.

하지만 상세가 위독한 것을 겨우 면하는 정도에 불과했다.

제대로 된 치료를 받지 않는다면 목숨이 위험했다.

"닥치고 얼른 처먹고 갈 준비나 해라."

"…알겠… 습니다."

'젠장, 입에 걸레라도 물었나.'

설유라를 구하기 위해서라고 하니, 조금만 쉬었다가 출발하자고 말하기도 힘들었다.

중원에서 한참 떨어진 북쪽으로 왔다.

몽고에서는 그나마 유목민들이라도 보였지만, 이제는 사람조차 보이지 않는데 대체 어디로 간다는 건지 이해할 수 없는 모용월야였다.

식사를 마친 그들은 다시 경공을 펼쳐 북쪽으로 이동했다.

이곳의 지리를 아는 사람인 것처럼 천마는 거침없이 이동하고 있었다.

"헉헉!"

'천… 천히 좀 가지! 왜 나한테.'

[부상자인 내가 업으리? 네놈이 업어.]

굳이 그가 부상을 당하지 않았어도 업지 않았을 것 같다.

모용월야는 죽을 맛이었다.

안 그래도 체구도 작은데 설유라를 엎고 경공을 펼치려니 너무 힘들었다.

이때 모용월야는 인지하지 못했지만, 이동하는 중간에 설유라가 정신을 차렸다.

다만 천마의 등에 업힌 게 아니라는 것을 알아차리자 실망하며 다시 잠들었다.

만 하루를 꼬박 경공을 펼친 결과, 결국 모용월야는 탈진하고 말았다.

"음."

설유라를 업은 채, 바닥에 고꾸라져서 쓰러진 그를 보며 천마가 신음을 흘렸다.

아무리 절정의 고수인 모용월야였지만, 그의 체력에 한계가 있었다.

다행인 점은 천마가 의도한 장소에 도착했다는 것이다.

"이상하군."

천마가 고개를 갸웃거렸다.

눈앞에 광활한 호수가 펼쳐져 있었다.

호수라고 부르기 애매할 정도로 바다같이 넓은 호수는 장관이라고 할 수 있었다.

천마가 기억하기로 이 근처에 나루터가 있었고, 그 주위로 작은 마을을 형성하고 있었는데 지금은 황량하기 그지없었다.

'천 년 전이라서 그런 것인가?'

스스로에 대한 기억을 되짚었는데, 미처 천 년이라는 시간을 염두에 두지 못했다.

긴 세월에 이곳에 자리하던 마을이 없어진 듯했다.

천마는 모용월야의 등에 업혀 있는 설유라를 바라보았다.

그러고는 한숨을 푹 내쉬었다.

'젠장, 내가 고작 검문의 계집 때문에 이런 수고를 겪어야 하나.'

천마가 그녀의 맥을 짚어보았다.

맥이 차츰차츰 약해지고 있었다.

서둘러서 치료를 받지 않는다면 정말 위험해질 것이다.

바스락!

'응?'

그때 천마가 낯선 기척을 감지했다.

그는 주위를 둘러보았다.

분명 기척을 감지했는데, 주위에는 사람은커녕 어떤 동물조차도 보이지 않았다.

이상하다고 생각한 천마는 눈을 감았다.

스슥!

'뭔가 움직이는 기척이 느껴진다.'

분명 기척이 느껴지는데, 육안으로는 보이지 않았다.

은신과는 전혀 무관한 어떤 알 수 없는 힘이 작용한 듯했다.

천마가 닫아두었던 원영신을 열었다.

촤아아악!

놀랍게도 원영신을 여는 순간.

사방에 백색의 털옷을 입은 열댓 명의 무사가 무기를 들고, 견제하는 눈빛으로 자신들을 주시하고 있었다.

어떤 원인로 인해 그들이 왜 안 보이는지 알 순 없었지만, 원영신이 열린 천마의 눈에는 뚜렷하게 그들이 보였다.

'설마… 진법인가?'

천 년 전에도 진법을 경험해 본 적은 있었다.

하지만 육안으로 식별이 가능하지 못할 정도의 수준은 아니었다.

그때 천마와 누군가의 눈이 마주쳤다.

백색 털옷의 무사들 중 제일 막내로 보이는 청년이 흠칫 놀라 동료에게 전음을 보냈다.

[저기… 뭔가 이상합니다.]

[뭐가 이상하다는 것이냐?]

[저, 저자가 저와 눈이 마주친 것 같습니다.]

[네가 기척을 제대로 숨기지 못해서 그런 것은 아니고?]

옆에서 나무라는 한 중년인의 말에 청년은 머쓱했는지 입을 다물었다.

여태껏 진법에 걸려들어서 그들의 존재감을 눈치챈 자는 존재하지 않았다.

지금도 그럴 것이라고 굳게 믿었다.

전음을 주고받으며 확신에 찬 그들의 모습에 천마가 비웃음을 흘렸다.

"건방진 놈들!"

쾅!

천마가 진각을 밟자, 모래가 사방으로 튀어 올랐다.

그 순간 천마가 손을 뻗자, 모래 알갱이에 기가 실려 사방으로 튕겨 나갔다.

[헉! 들켰다!]

[기가 실렸어! 어서 피해!]

자신들이 보이지 않을 거라 방심했던 백색 털옷의 무사들은 놀란 나머지 진형을 이탈했다.

그들의 진형이 변화가 생기자, 주위 공간이 흐릿해지더니 이내 모습이 드러났다.

일부 무사들이 기가 실린 모래 알갱이에 맞았지만, 큰 부상은 없었다.

"어라?"

분명 모래 알갱이가 날아오는 파공음만 들어서는 그 공력이 강해보였는데 의외였다.

의아해하는 백색 털옷의 무사들에게 천마가 대수롭지 않게 말했다.

"뭐, 다치게 할 의도는 없었다."

"…그 말을 믿으라는 것이냐?"

백색 털옷의 무사들 중에 대장으로 보이는 중년인이 반문했다.

이에 천마가 입꼬리를 올리며 내공으로 모래 알갱이를 끌어올려 손을 뻗자, 뒤편에 있던 나무 기둥을 모래 알갱이들이 꿰뚫고 날아갔다.

제대로 공력을 실었다면 충분히 부상을 입히거나 살상이 가능하다는 의미였다.

이것을 확인한 백색 털옷의 무사들의 안색이 어두워졌다.

'고수!!!'

일개 입구 지기를 맡고 있는 자신들과는 비교하는 것조차 우스운 고수였다.

"이곳에 있어야 할 마을이 없어서 이상하다고 생각했는데, 역시 숨겨져 있었군."

천마의 말에 그들은 놀라워했다.

진법을 설치한 이래, 호수 앞에 마을이 있다는 사실을 아는 외부인은 존재하지 않았다.

이렇게 되자 그들의 경계하는 눈빛이 한층 강해졌다.

천마가 바닥에 엎어져 있는 설유라와 모용월야를 가리키며 말했다.

"경계하는 것은 당연하나, 지금 일행에 목숨이 경각에 달한 부상자가 있다. 도움을 청하러 온 자에게 이리 박복하게 대할 것인가."

그 말에 백색 털옷의 무사들 중 한 명이 부상자를 살펴봐도 되겠냐는 의사를 보이자, 천마가 고개를 끄덕이며 허락했다.

설유라와 모용월야의 상세를 확인한 무사가 대장을 바라보며 눈빛을 보냈다.

이들의 대장인 중년인이 천마에게 약간은 누그러진 얼굴로 말했다.

"부상이 심각한 것은 알겠지만, 우리는 외인을 들이지 않소."

그것은 명백한 거절이었다.

긴 세월 동안 외부인의 출입을 금했던 만큼, 부상자가 있다 해도 예외를 둘 순 없었다.

하지만 천마의 입장은 달랐다.

"후우, 좋게 얘기하려 했건만."

한숨을 내쉬더니, 천마의 표정이 급변하며 목소리에서 살기가 감돌았다.

찌릿찌릿!

살갗이 따가울 정도의 살기였다.

천마에게서 뿜어져 나오는 흉흉한 살기에 백색 털옷의 무사들의 얼굴에 긴장감이 돌았다.

이미 무력에서 자신들이 상대할 수 없는 고수라는 것을 확인했었다.

'이자를 마을로 들였다간 무슨 사태가 일어날지도 몰라.'

무사들의 대장은 더욱 확신했다.

다만 이 위험한 남자를 상대할 방법이 없다는 것이 문제였다.

천마가 한 발자국 움직이자, 두려움을 이기지 못한 한 무사가 그에게 달려들었다.

무사의 검이 천마의 목으로 쇄도해 왔다.

깡!

"엇?"

그러나 천마의 오른손에 검이 막혀 버렸다.

맨손으로 날카로운 검을 잡아내자, 무사는 어쩔 줄 몰라 했다.

오감을 숨기는 진법에 놀라기는 했지만, 무사들의 평균 무력은 일류 고수들 정도의 수준이었다.

댕강!

천마가 손에 힘을 주자 검이 두 동강이 났다.

"어떻게 이런 일이?"

맨손으로 검을 막은 것도 모자라 부쉈으니 놀라는 것도 당연했다.

천마의 오른손은 북호투황의 것이기에 외공의 극에 올랐다고 할 수 있다.

강기(强氣)가 아니고는 생채기조차 내기 힘들다.

"내 목숨을 노렸으니, 응당 대가는 치러야겠지?"

"헉?"

퍽!

천마의 주먹이 무사의 복부에 꽂히자, 그의 입에서 선혈이 솟구치며 뒤로 튕겨져 나갔다.

다른 무사들이 그를 받아냈지만 이미 심한 내상으로 기절해 버렸다.

"이 괴물 같은 놈!"

무사들의 입장에서는 손속을 두지 않는 것처럼 보였지만, 사실 천마는 평소보다도 굉장히 손속을 두고 있었다.

만약 설유라가 중상을 입어서 목숨이 위태롭지 않았다면, 이미 본보기로 몇 명의 목을 베었을 것이다.

"지금부터 이렇게 하는 걸로 할까."

"그게 무슨?"

미처 답하기도 전에 천마가 빠른 신형으로 무사들 중 두 명의 팔을 잡아챘다.

갑작스럽게 잡힌 그들은 뿌리쳐 보려 했지만, 천마의 심후한 공력에 반항할 수 없었다.

천마가 내공을 끌어 올리자 그들이 비명을 지르며 바닥에 무릎을 꿇었다.

"아아악!"

"제… 제발… 크헉!"

비명을 지르는 소리를 들으면서도 천마의 눈빛은 일말의 흔들림이 없었다.

오히려 무서운 살기를 내뿜으며 다른 무사들마저 함부로 움직일 수 없게 위협했다.

이들의 대장이 성난 얼굴로 소리쳤다.

"이게 대체 무슨 짓이오!"

"보는 그대로다."

"외인을 들일 수 없다고 분명 말했소. 당신이 이런 행패를 부린다고 바뀔 수 있는 규칙이…….

우득!

뼈가 부러지는 소리와 함께 무사들의 팔이 부러졌다.

팔의 반대 방향으로 부러뜨리면서 부서진 뼈가 튀어나올 정도였다.

잔인한 행동에 백색 털옷 무사들의 대장이 눈살을 찌푸리며 고개를 돌렸다.

"끄아아아아악!"

"대… 대장님… 사… 살려… 끄르르르."

천마의 오른손에 잡혀 있던 무사는 뼈가 부러지는 고통을 결국 이겨내지 못하고 거품을 물며 기절해 버렸다.

"이런… 부상들이 심한걸."

뼈가 튀어나올 정도이니 출혈도 심했다.

치료를 하지 않는다면 과도한 출혈로 죽을지도 몰랐다.

천마가 싸늘하게 입꼬리를 올리며 말했다.

"이 정도면 반 시진도 버티지 못하겠는걸. 안 그런가?"

천마가 이들의 대장에게 눈빛을 보내자, 그제야 그는 천마의 행동이 의도되었다는 것을 깨달았다.

일부러 죽이지 않고 부상자를 만들어내고 있었다.

이런 행동은 무언의 항의와도 같았다.

'단순한 행패라면 모를까, 정말 무서울 정도로 영리한 자로구나.'

반항을 하든, 하지 않든 천마는 분명 자신들을 전부 부상입힐 것이다.

그것도 거의 죽기 직전 상태로 말이다.

'선택하라는 뜻인가. 마을로 들일 것인지, 같이 죽을 것인지.'

백색 털옷 무사들의 대장은 어떻게 해야 할지 고민했다.

어차피 이대로 있으면 전부 죽는다.

하지만 마을의 입구를 지키는 문지기들인 자신들이 외인을 들인다면 오히려 깨끗하게 죽는 것이 나을지도 몰랐다.

"이렇게 부상자들이 많다면 옮기기도 힘들겠군. 오히려 의원이 오는 편이 낫겠어."

"아……."

천마의 말에 무사들의 대장의 입에서 탄성의 신음이 흘러나왔다.

아무리 고지식한 그였지만, 천마가 그들에게 부상을 입힌 것은 일종의 배려임을 알 수 있었다.

만약 멀쩡히 의원을 부르러 들어갔다간 책임을 물을 것이 틀림없었다.

물론 뼈를 부러뜨린 것은 과한 행동이었지만 천마는 매우 급한 상황이었다.

"어쩔 텐가? 계속할까?"

"그… 그대가 공격하는 것을 멈춘다면 의원을 불러오겠소."

"좋은 판단이군."

탁!

천마가 손을 놓자, 나머지 한 명의 무사가 힘없이 바닥으로 쓰러졌다.

무사들의 대장이 옆에 있던 막내 무사에게 눈빛을 보내자, 막내 무사가 고개를 끄덕이며 호수의 반대편 숲으로 달려갔다.

일각 정도의 시간이 흘렀을 무렵.

숲에서 의원으로 보이는 중년의 남자와 백발에 나이를 짐작키 힘든 노인이 같이 나타났다.

'호오.'

천마의 눈에 이채가 띠었다.

노인이 얼핏 풍기는 기운은 상당한 무(武)가 느껴졌다.

겉으로 느껴지는 것만으로는 실력이 짐작이 가지 않을 정도의 고수였다.

"대, 대장로님!"

노인의 등장에 놀란 것은 무사들의 대장이었다.

노인의 정체는 마을에서 두 번째 서열을 맡고 있는 대장로였다.

'예상외의 인물이군.'

단순히 의원만 나올 거라 여기진 않았던 천마였다.

그런데 마을의 실세가 직접 모습을 드러내니 의외라고 할 수 있었다.

"흘흘, 엉망이로고."

대장로가 주위를 둘러보고 내뱉은 첫마디였다.

설유라를 비롯해 바닥에 쓰러져 있는 사람만 다섯이었다.

이미 마을 밖으로 나오기 전에 간단하게 상황에 대한 설명을 들은 대장로였다.

"젊은 친구가 참으로 간악하기 짝이 없군."

"젊은… 친구라… 크큭."

대장로의 말에 천마가 자기도 모르게 웃음이 나왔다.

외양적인 부분이 이러하니 이해를 하지 못할 일은 아니었다.

하지만 갑자기 웃는 천마의 행동에 대장로는 기분이 언짢았는지 인상을 찌푸렸다.

"이런 짓을 저지르고도 웃음이 나오다니, 위험한 인물이로고."

말이 끝남과 동시에 대장로의 신형이 흐릿해졌다.

그 순간 천마가 빠르게 일 장을 앞으로 뻗었다.

파팡!

천마의 털옷이 펄럭이더니, 그의 앞에 손바닥을 맞대고 있는 대장로의 모습이 나타났다.

대장로의 발걸음이 뒤로 일 보 밀려나 있었다.

"허어."

대장로의 눈빛에 당혹감이 서려 있었다.

기습적인 일 장을 막은 것도 모자라서 내공이 오히려 자신을 앞서고 있었다.

"노친네가 제법이군. 문지기들 실력이 하도 낮아서 별 볼 일이 없을 줄 알았더니."

대수롭지 않게 하는 천마의 말에 대장로는 기분이 상했지만 아무 말도 할 수 없었다.

　확연한 실력의 차이를 느꼈기 때문이었다.

　'진법을 깼었다더니……'

　처음에 백색 털옷 무사들의 진법을 눈치챘다는 말에 우연일 거라 여겼었다.

　하지만 막상 실력을 파악하고 나니, 저도 모르게 식은땀이 흘러내렸다.

　"크흠, 자네 화경을 앞둔 고수로군!"

　일 장을 맞부딪치며 실력을 알아챈 것은 대장로뿐만이 아니었다.

　대장로 역시도 초절정의 고수였다.

　하지만 그 단락이 초절정의 초입이었기에 천마와 차이가 있었다.

　초절정의 끝을 달리고 있는 천마였다.

　웅성웅성!

　화경을 앞뒀다는 말에 백색 털옷의 무사들이 놀라서 저들끼리 수근거렸다.

　문지기이기는 하나 그들도 무인이기에, 고작 약관에 불과해 보이는 천마가 높은 무공 수위를 지닌 것에 놀라워했다.

　"자네 같은 고수가 이곳 외지까지 온 이유가 무엇인가?"

조금 전만 하더라도 젊은이라고 했었는데 호칭이 달라졌다.

강자를 존중하는 무림의 법도였다.

대장로의 질문에 천마는 뚜렷한 답변 없이 손가락으로 설유라를 가리켰다.

"무슨 의미인가?"

"급한 것부터 해결하지."

얼핏 보기에도 옷이 피로 젖어 있는 것이 중상으로 보였다.

이를 이해한 대장로가 고개를 끄덕였다.

"아아, 이보게, 장 의원."

"네, 대장로."

"저 젊은 아가씨의 상세 좀 먼저 살펴주게."

"알겠습니다."

뼈가 부러진 무사들은 대장로와 의원이 오기 전에 응급조치를 취해서 출혈은 멎어 있었다. 하지만 설유라는 상태는 심각했다.

장 의원이 그녀를 진맥하더니, 인상이 어두워졌다.

"이런… 출혈도 출혈이지만 내상이 심합니다. 응급처치를 잘해서 버텼지만, 죽지 않은 게 용하군요. 빨리 치료하지 않으면 위험합니다."

장 의원이 대장로를 쳐다보았다.

그것은 이곳에서 치료할 문제가 아니라는 뜻이었다.

대장로가 인상을 찌푸리며 잠시 고민을 하더니 이내 고개를 끄덕였다.

"단! 자네는 아니네. 이 젊은 아가씨의 목숨이 경각에 달해서 예외를 두긴 하였지만, 규정상 우리는 외인을 받지 않네."

대장로가 천마에게 못을 박았다.

그러자 천마가 의미심장한 미소를 짓더니, 대장로에게 전음을 보냈다.

전음을 듣는 대장로의 얼굴 표정이 묘하게 바뀌어갔다.

이때까지와 다르게 굉장히 심각해진 표정으로 대장로가 물었다.

"그게 정말인가?"

"흐음, 믿고 안 믿고는 노친네의 몫이지."

"…알겠네. 자네도 마을로 들어오는 것을 허가하지."

대장로의 결정에 주위 무사들을 비롯해 장 의원이 놀란 눈으로 쳐다보았다.

이에 대장로가 고개를 저으며 선을 그었다.

"과거로부터의 연(連)이 있는 자이니, 아무 말 말게."

마을에서 대소사를 결정하는 높은 위치에 있는 대장로의 말이기에 다들 토를 달 수가 없었다. 단지 고개를 끄덕일 뿐이었다.

"이자는 어떻게 할까요?"

무사 중 한 명이 설유라 옆에 엎어져 있는 모용월야를 가리키며 물었다.

무리해서 경공을 펼치며 탈진해 있던 그였다.

대장로가 천마를 바라보며 물었다.

"이 청년도 일행인가?"

"아아."

천마가 천천히 모용월야 쪽으로 걸어가더니, 그의 엉덩이를 냅다 발로 찼다.

퍽!

"헉!"

그러자 탈진한 줄만 알았던 모용월야가 놀라서 자리를 털고 벌떡 일어났다.

사실 백색 털옷의 무사들이 나타났을 때부터 정신을 차린 그였지만, 일어날 시기를 놓치는 바람에 계속 기절한 척했던 것이다.

민망해하는 모용월야를 천마가 한심하다는 듯이 쳐다보며 말했다.

"이 녀석은 내 종자이니, 신경 쓸 것 없다."

"조… 종자?"

한순간에 종자가 되어버린 모용월야는 어이가 없다는 눈빛으로 천마를 쳐다보았다.

하지만 살벌하게 내려다보는 천마의 표정에 고개를 슬그머니 숙였다.

"노부를 따라오게."

대장로의 안내를 받으며 그들이 숲으로 들어가자, 얼마 후 호수 앞으로 두 명의 인영이 나타났다.

지팡이를 짚고 있는 백발의 차가운 인상의 노파와 옆에서 부축하고 있는 아름답게 찰랑이는 긴 은발의 미녀였다.

바닥에 있던 여러 흔적들을 살펴보던 노파가 입을 뗐다.

"아아아… 바깥세상의 방문자가 왔구나."

"궁가가 맹약을 어긴 걸까요?"

은발의 미녀가 미심쩍은 목소리로 물었다.

이에 노파는 숲을 지긋이 바라보더니, 살기 어린 목소리로 말했다.

"쯧쯧, 그런 것이라면 궁가는 대가를 치를 것이야."

23장
이곳이 북해빙궁?

"들어가기 전에 눈을 가리겠네."

대장로는 숲에 들어가기 전에 천마와 모용월야의 눈을 가리게 했다.

그것은 숲을 둘러싸고 있는 진법의 비밀을 막기 위해서였다.

대장로의 우려와 달리 천마는 별다른 반항을 하지 않고 천으로 자신의 눈을 가렸다.

천마가 그러하니 당연히 모용월야도 따를 수밖에 없었다.

"노부가 안내하는 대로 따라오게. 한 발자국이라도 잘못 걸으면 사문(死門)으로 들어설 수도 있으니 주의하게."

대장로는 일정한 규칙의 보폭으로 발걸음을 옮겼다.

그것은 팔괘와 건곤이 섞인 복합적인 진법의 이치를 가미하고 있었다.

'흥미롭군.'

천마는 복잡한 진법에 내심 감탄했다.

이때 대장로가 알지 못한 것은 천마가 원영신을 열어 영안을 뜨고 있다는 점이었다.

천마는 온몸으로 진법의 이치를 받아들이고 있었다.

'이들의 지혜로 이런 진법을 만드는 것이 가능한가?'

선인의 공부를 한 천마는 진법의 이치를 이해하는 것이 빨랐다.

하지만 이를 파악할수록 인간의 지혜를 넘어서는 무언가를 감지했다.

"다 왔네."

진법의 생문으로 들어서자, 숲에 숨겨져 있던 마을이 모습을 드러냈다.

천마가 눈을 가리고 있던 검은 천을 벗었다.

"호오."

생각보다 넓은 마을 부지에 수십 채의 집이 자리하고 있었다.

누가 이런 숲 한가운데에 이런 마을이 있을 거라 짐작이라도 했겠는가.

땅땅땅!

쇠를 두드리는 소리가 사방에서 울려 퍼지고, 집집마다 굴뚝에서 연기가 피어오르고 있었다.

마치 이곳 마을은 대장장이들이 모여 사는 거주지와 같았다.

귀가 따가울 정도의 쇠를 두드리는 소리에 모용월야가 귀를 막으며 주위를 둘러보았다.

"여긴 대체……."

"먼저! 이곳에서 지내는 동안 일러둘 것이 있네."

모용월야가 뭐라고 말하기도 전에 대장로가 먼저 운을 뗐다.

예외적으로 외인인 그들을 마을로 들이긴 했으나, 이것저것 마을에 관해서 알려줄 생각은 일체 없었다.

"첫째, 마을 사람들과 접촉을 불허하네."

"흐음."

"둘째, 마을에 어떠한 것도 알려줄 수 없으니 의문을 품지 말게."

"…재미없군."

"셋째, 숙소 이외의 어떠한 곳도 돌아다닐 수 없네."

대장로의 말에 천마가 눈썹을 추켜세웠다.

하나하나 풀어서 일러두었지만 결국 자신들을 구류하는 것과 마찬가지였기 때문이었다.

심기 불편한 기색으로 천마가 반문했다.

"따를 수 없다면?"

"그렇다면 저 아가씨를 데리고 돌아가게."

대장로의 단호한 말에 천마가 고개를 절레절레 흔들었다.

홧김에 다 뒤엎어 버릴까 고민했던 천마지만, 일단 급한 불부터 꺼도 늦지 않다고 여겼다.

그리고 천마 본인도 내상을 치료할 시간이 필요하기도 했다.

"좋아. 일단은 그렇게 하도록 하지."

'일단은?'

애매모호한 천마의 말에 대장로는 내심 찝찝했지만 이의를 제기하지 않았다.

마을 안으로 들인 이상, 화경에 근접한 고수를 더 자극하는 것은 위험했다.

대장로의 안내를 받아 의원으로 가는 동안 그들은 많은 관심을 받게 되었다.

웅성웅성!

몇십 년 만에 나타난 외부인의 등장에 마을 사람들이 몰려

들었다.

아이들을 비롯한 혈기왕성한 젊은 세대들은 흥미로운 눈초리였고, 나이 든 어른들은 불안감으로 가득 찬 눈빛으로 천마들을 바라보았다.

'이 정도로 폐쇄적인 집단이었던가.'

천마는 의문스러운 마음이 들었다.

천 년 전에 이곳에 왔을 때, 진법은커녕 외부와의 왕래가 잦은 지역이었다.

그런데 이렇게 폐쇄적인 반응을 보이니 그 사연이 궁금해졌다.

그들이 숙소로 안내된 곳은 의원 옆에 있는 아무도 살지 않는 빈집이었다.

"아까 당부했던 것들을 잊지 말게."

누차의 경고와 함께 대장로는 어딘가로 가버렸다.

모용월야가 뭘 해야 좋을지 모르겠다는 눈빛으로 천마를 쳐다보았다.

'쯧, 보모도 아니고.'

천마는 한심하다는 듯이 모용월야를 바라보다 말없이 배정받은 방으로 획 들어가 버렸다.

'…빌어먹을 자식! 역시 마음에 안 들어.'

차마 입 밖으로는 욕을 내뱉진 못했다.

마당에 혼자 남게 된 모용월야는 묘한 눈길로 주위를 둘러보더니, 코웃음을 치며 방으로 들어갔다.

그마저 들어가자 주변 곳곳에 숨어 있던 감시자들이 당황스러운 표정으로 모습을 드러냈다.

최대한 기척을 죽인 것이었는데, 모용월야는 정확히 그것을 파악했다.

'허어, 저 계집도 그 남자 못지않게 위험한 놈이로구나.'

자신도 모르게 여자로 오인받는 모용월야였다.

늦은 밤 무렵.

'흠.'

방 안에 박혀 있던 천마가 조용히 마당으로 나왔다.

낮과는 비교하기 힘들 만큼 차가운 공기에 살갗에서 김이 피어올랐다.

'검문의 계집은 춥다고 징징대겠군.'

의식하지 못하고 있었지만 천마는 저도 모르게 그런 생각을 했다.

천마가 주위의 기척을 감지해 보았다.

집 주변 곳곳에 배치되어 교대로 감시하던 낮 시간 때와는 다르게 주변의 기척이 두 명으로 줄어 있었다.

'흠, 한번 둘러볼까.'

대장로의 경고 따윈 애초에 들을 생각도 없었던 천마였다.

그래도 밤을 택한 것은 설유라가 치료를 받는 동안에는 귀찮은 일을 피하고 싶어서였다.

슉!

천마가 기척을 죽이고 조용히 담장을 넘었다.

감시하던 백색 털옷의 무사 두 명은 꾸벅거리며 담장에 기대서 졸고 있었다.

늦은 밤이라 그런지 종일 마을 전체를 울리던 쇠를 두드리는 소리가 들리지 않았다.

'그래도 밤엔 자긴 자는군.'

…이라고 생각하던 찰나였다.

댕댕댕!

천마의 귓가로 미묘한 소리가 잡혔다.

그것은 쇠를 두드리는 소리였다.

'…안 자는 놈도 있군.'

소리는 마을에서 조금 떨어진 곳에서 들려왔다.

한밤중에도 쉬지 않고 쇠를 두드리는 소리에 호기심이 생긴 천마가 그곳으로 향했다.

'두드리는 소리가 일정하면서도 경쾌하다. 실력이 뛰어난 자로군.'

뛰어난 대장장이의 주조 능력은 두드리는 소리부터가 다

르다.

마을에서 떨어진 작고 누추한 집 한 채.

뜨거운 화로의 열기와 차가운 공기가 만나며 피어오르는 연기가 집 주변을 자욱이 메우고 있었다.

댕강!

뭔가 부러지는 소리가 들렸다.

이상함을 느낀 천마가 조용히 작업장으로 들어왔다.

"끄아아아아아아! 젠장!"

짜증이 섞인 절규였다.

상의를 탈의한 까무잡잡한 피부에 온몸에 흉터가 많은 중년인이었다.

"또… 또 실패하다니!"

중년인은 집게로 고정하고 있던 부러진 검을 아무렇게나 바닥에 내팽개쳤다.

뜨겁게 달아올라 붉게 물들어 있는 부러진 검신은 왠지 낯이 익었다.

"호오."

천마의 입에서 탄성이 흘러나왔다.

넋을 놓고 바닥에 주저앉아 있던 중년인은 뒤에서 들리는 목소리에 화들짝 놀랐다.

"누… 누구요?"

"나? 흠, 손님이랄까."

"손님? 마을에서 당신 같은 사람은… 아! 그 이방인?"

중년인은 그제야 낮에 이방인이 마을로 들어왔음을 기억했다.

평소에는 다른 일보다도 주조에만 집중하는 그였지만, 워낙 몇십 년 만의 이방인의 출입에 마을 전체가 어수선했다.

천마가 손으로 끌어당기는 시늉을 하자, 부러진 검신이 떠올랐다.

'고… 고수!'

중년인 역시도 무공을 익혔기에 천마의 심후한 내공을 짐작할 수 있었다.

천마가 검신을 살펴보며 입을 열었다.

"이거 모작이로군."

중년인의 놀라서 크게 눈을 뜨며 물었다.

"그… 그걸 어떻게?"

아직 형태를 완전히 갖추지 않았지만, 천마는 정확히 알아볼 수 있었다.

그것은 현천검과 유사한 형태를 띠고 있었다.

대단한 것은 미완성 상태임에도 불구하고 부러진 검신에서 묘한 예기가 느껴졌다.

"그냥 한철만 가지고 이 정도까지 만든 게 대단한데."

천마는 진심으로 감탄했다는 듯이 말했다.

이에 낯선 이방인을 경계하던 중년인이 내심 쑥스러웠는지 머리를 긁적였다.

의외로 단순한데서 경계심이 풀어지는 유형의 인간이었다.

"그… 그렇소?"

"만년한철이었으면 얘기는 달라졌겠어."

현천검은 만년한철로 주조된 검이었다.

한철 역시도 보통 철에 비하면 명검을 만들 수 있다.

하지만 현천검의 형태로 검을 주조하기 위해서는 만년한철이 필요하다.

"그, 그건 알지만, 만년한철은… 더 이상 구할 수가 없소."

"안타깝군."

북해에서도 만년한철은 극히 드문 양만 채석되었다.

천 년 전 당시에 그랬으니 지금은 거의 채석 자체가 희박하다고 보는 것이 맞았다.

"그런데 이 한밤중에 잠도 안 자고 검을 주조하는 거지?"

천마의 질문에 중년인이 씁쓸한 얼굴이 되었다.

중년인은 뭔가 말 못 할 사연이 있어 보였지만, 천마가 이방인이었기에 차마 입을 떼지 못했다.

"미… 미안하오. 나도 허심탄회하게 말하고 싶지만, 마을의 규칙상 아무것도 말해줄 수 없소."

"흥, 재미없게 되었군. 알겠다."

"…바, 바로 받아들이는 거요?"

"그럼 꼬치꼬치 캐묻기라도 바랐나?"

중년인은 뭔가 아쉽다는 표정과 함께 고개를 저었다.

상반신의 흉터와 얼굴에 고생의 흔적 때문에 거친 느낌이 들었지만 상당히 순수한 남자였다.

"너, 이름이 뭐냐?"

"이… 이름은 말이오? 구, 궁회원이오."

"궁회원? 특이한 이름이군."

오랜만에 만나게 된 장인이 마음에 들었는지, 천마는 입꼬리를 올리며 대장간을 나가 버렸다. 이에 궁회원이 인상을 찌푸리며 중얼거렸다.

"…보, 본인 이름은 가르쳐 주지도 않네."

천마는 대장간을 나가 돌아가려는 길에 마을 한구석에 높게 쌓여 있는 무언가를 발견했다.

높게 쌓여 있는 것들에선 날카로운 예기가 느껴졌다.

밤하늘의 달빛에 비쳐, 은은하게 반사되는 그것들을 보는 천마의 동공이 커졌다.

다음 날 아침, 천마가 머무는 방 안.

들어오라는 허락도 하지 않았는데, 모용월야가 슬며시 들어와 앉아 있었다.

월야는 뭔가 하고 싶은 말이 있었지만, 워낙 상대하기 어려운 그인지라 망설였다.

'말을 해야 하는데, 무서워.'

아무 말을 하지 않으니, 방 안의 분위기가 어색해졌다.

어색함을 먼저 깬 것은 모용월야였다.

"서… 설 소저가 치료되면 북해빙궁으로 갈 건가요? 아니면 다시 중원으로?"

이미 선발대가 정체를 알 수 없는 적에게 전멸당하다시피 했다.

북무림 각파의 인재들이 죽은 것은 대대적인 사건이라 할 수 있었다.

보급 물자마저 잃은 상황 속에서 북해빙궁으로 강행하는 것은 무리라고 판단한 모용월야였다.

"무슨 헛소리냐?"

"네… 네?"

"설마 북해빙궁이 정말 얼음으로 만들어진 궁전을 상상한 것이더냐?"

"네? 그… 그게 무슨 소리죠?"

천마의 말에 모용월야는 당황스러움을 금치 못했다.

무림인이라면 북해빙궁에 관한 전설을 모르는 이가 없었다.

차가운 북해의 설원에 지어진 빙궁, 그리고 한기가 흐르는 무공을 사용하는 세외 무림 세력의 최고봉이라 불리는 전설을 말이다.

"네놈이 지금 밟고 있는 곳이 어디라고 생각하는 것이냐?"

"그… 그냥 호수 앞의 마을……."

"어째 네놈은 미쳤을 때가 더 괜찮았구나."

천마가 한심하다는 듯이 고개를 절레절레 흔들었다.

이에 욱한 마음이 들은 모용월야가 소심한 목소리로 반박했다.

"그, 그럼 여기가 대체 어디라는 거죠?"

"멍청하긴. 여기가 바로 그 북해빙궁이라 불리는 곳이다."

천마의 말에 모용월야가 황당한 얼굴이 되었다.

그가 상상했던 그 북해빙궁과는 전혀 달랐다.

이곳은 설원도 아니었고, 얼음으로 만들어진 궁전도 아니었다.

겉보기에는 단순히 대장장이들이 모여 사는 평범한 마을이었다.

"쯧쯧, 생각이 뻔히 보이는구나. 네놈은 평범해 보이는 마을에 진법을 쳐놓고, 문지기를 배치할 것 같으냐."

"아!"

그제야 모용월야는 뭔가 납득하는 표정이 되었다.

다만 상상과는 전혀 다른 북해빙궁의 실체에 실망스러운 것은 어쩔 수 없었다.

'고작 이런 마을 하나를 정벌하려 했다니⋯⋯.'

한편으로 의아한 점이 생겼다.

'그런데 이 사람은 그걸 어떻게 아는 거지?'

사마영천 역시도 이곳에 처음 왔을 텐데, 북해빙궁의 실체를 아는 것이 이상했다.

생각해 보니 이곳으로 오면서 몽고어를 할 줄 아는 것부터 이상한 점이 한두 개가 아니었다.

그런 찰나였다.

똑똑!

누군가 방문을 두드렸다.

"대장로께서 손님을 잠시 뵙자고 합니다."

백색 털옷의 무사들 중에 막내의 목소리였다.

천마가 알겠다는 말과 함께 방문을 열고 나왔다.

그런 천마의 뒤를 따르려는 모용월야를 막내 무사가 쑥스러운 목소리로 제지했다.

"흠흠, 미안하지만 소저를 부른 것은 아닙니다."

소저라는 말에 모용월야의 얼굴이 일그러졌다.

단순히 외양만 보면 여자로 착각할 만큼 호리한 몸매에 예쁘장한 그였다.

"…소저? …누가 소저라는 거냐? 응?"

모용월야의 목소리에 살기가 섞여 있었다.

괴팍하고 무서운 천마가 아니라면 어느 누구도 두렵지 않은 그이다.

"죄, 죄송합니다. 나, 남자일 줄은……."

막내 무사는 여자로 생각했던 모용월야가 남자라는 말에 실망하는 눈치였다.

그 반응에 괜히 기분이 더 나빠지는 모용월야였다.

"뭔데, 그딴 표정을……."

"어이, 잔말 말고 네 녀석은 여기서 기다려라."

'칫!'

결국 모용월야는 방 안을 지키고 있어야 하는 신세가 되고 말았다.

낯선 곳에서 혼자 있는 것이 불편한 그였지만, 막상 생각해보니 오히려 사마영천과 붙어 있지 않는 편이 나을 것 같다는 생각도 들었다.

천마는 대장로가 기거하는 집으로 안내할 것이라 여겼는데, 그들이 도착한 곳은 마을 뒤편에 있는 울창한 대나무 숲이었다.

대나무 숲으로 따라 들어가니, 숲의 한가운데 공터가 있었다.

그 한가운데는 나무로 만든 탁자가 있었고, 대장로와 정갈한 백색 의복을 갖춰 입은 중년인이 의자에 앉아 있었다.

"어서 오게. 우리 궁가와 인연이 있는 자여."

중년인이 자리에서 일어나더니 공손히 포권을 취하며 예를 표했다.

먼저 예를 갖추는 행동에 대장로가 살짝 놀란 눈치를 보이더니, 이내 같이 포권을 취했다.

'호오, 이자가 수장이로군.'

천마의 예상대로 중년인은 이곳 마을의 장을 맡고 있는 자였다.

중년인이 손으로 탁자 앞의 의자를 가리키며 앉기를 권했다.

천마는 자연스럽게 자리에 앉았다.

쪼르르르!

중년인이 탁자 위에 놓인 찻잔에 차를 따랐다.

김이 올라오는 차에서 코를 간질이는 부드러운 향이 흘러나왔다.

"본인은 이곳 궁가 마을의 장을 맡고 있는 궁백원이라고 하네."

부드러운 목소리.

그러면서도 그 목소리에는 힘이 담겨 있었다.

예를 갖추면서도 수장으로서의 위엄을 갖춘 자였다.

"우리 궁가와 인연이 있는 자라고 들었네만, 실례가 되지 않는다면 손님의 존함을 들을 수 있겠나."

궁백원은 사전에 대장로와 막내 무사로부터 천마에 대한 이야기를 들었다.

특히 대장로에게서 들은 정보로 인해 호기심이 충만한 상태였다.

"궁가와 단가에 대해서 알고 있는 자입니다. 어쩌면 이십삼 년 전에 이곳을 떠난 현원 님과 관계가 있을 수도 있습니다."

궁현원.

궁백원의 동생으로 처음으로 마을의 규약을 깨뜨리고 떠난 인물이었다.

대장로가 천마를 마을로 초대한 것은 그가 궁현원과 혈연 관계의 인물일지도 모른다는 막연한 추측 때문이었다.

아무리 마을을 떠난 궁현원이지만, 아무에게나 그 비밀을 발설할 자가 아니었다.

만약 그가 전혀 마을과 연이 없는 자에게 비밀을 발설했다면, 천마를 처리하기 위한 자리이기도 했다.

"나와 궁가는 인연이 없진 않지."

"허어……."

대장로의 입에서 불편한 탄식이 흘러나왔다.

예로써 대하는 궁백원에게 하대에 가까운 말투를 쓰는 천마로 인해서였다.

궁백원은 전혀 개의치 않는지 천마에게 집중했다.

"궁가에서 나의 검을 주조해 주었으니 말이야."

"구… 궁가에서 검을 주조했다고?"

대장로가 놀란 목소리로 외쳤다.

궁백원 역시도 뜻밖의 말에 눈살을 찌푸렸다.

그들이 기대했던 것과 전혀 다른 말이 나왔다.

"궁가는 몇십 년째 외부와의 인연이 단절되어 있네. 그런데 약관에 불과한 그대의 검을 어찌 만들었다는 것인가? 그리고 자네에게는 지금 검이 없어 보이는데."

천마의 수중에는 검은커녕 어떠한 무구도 보이지 않았다.

하지만 검의 고수에게서 풍겨져 나오는 검기는 확실하게 느낄 수 있었다.

"검을 이곳에 맡겨두었거든."

"자네는 유독 이해할 수 없는 말만 늘어놓고 있군."

예로서 대했던 궁백원이었지만 천마의 알 수 없는 말에 서서히 눈매가 매서워져 갔다.

이에 천마가 의미심장한 미소를 지으며 말했다.

"현천검."

"뭐… 뭣?"

현천검이라는 말에 궁백원의 눈이 커졌다.

어지간한 일로는 흔들림이 없을 것 같던 그의 평정심이 깨졌다.

궁백원이 자리에서 벌떡 일어나 소리쳤다.

"어찌 현천검의 존재를 알고 있는 것이냐!"

궁백원의 외침에 호응이라도 하듯 대나무 숲이 흔들리며 소리를 냈다.

겉보기에는 올곧은 문사와 같은 모습이었는데, 심후한 내공을 지니고 있었다.

그런 압박에도 불구하고 천마는 눈 하나 꿈쩍하지 않고 말했다.

"어째서 알다니? 그것이 내 검이니깐 아는 거지."

"현천검의 존재를 어찌 알았는지는 모르겠으나, 자네의 궤변을 더 이상 들을 가치를 느끼지 못하겠군."

천마가 말장난을 한다고 여긴 궁백원의 눈빛은 이미 노기로 가득했다.

궁백원이 손을 뻗자 탁자 아래에 놓여 있던 회색 검집이 빨려 들어왔다.

챙!

검집에서 검을 뽑자 모든 것을 베어버릴 것만 같은 강렬한 예기가 뿜어져 나왔다.

그것은 보검이라 불리는 검에서 나올 만한 현묘함을 지니고 있었다.

은은한 검은빛을 머금은 이 검은 만년한철로 주조된 것이었다.

"오랜만에 보는군."

"오랜만?"

"궁가의 대성사(大成師)만이 가진다는 운암검!"

"……!!!"

운암검(雲暗劍).

그것은 천마가 거론한 것처럼 궁가의 수장인 대성사만이 지니는 보검이었다.

중원 무림의 사대 보검과 겨뤄도 능히 밀리지 않는 전설적인 보검이기도 했다.

놀란 궁백원이 눈을 가늘게 뜨고 말했다.

"놀라워. 대성사를 비롯해 운암검까지 알고 있다니… 정말 자네의 정체가 궁금해지는군."

"이왕 검을 뽑았으니 실력으로 알아보시지."

"지나친 자신감은 과신이라 할 수 있네."

"과연 그럴까?"

오랜만에 느껴보는 절세보검의 예기에 천마의 전의가 올라가 있었다.

천마가 일 장을 끌어당겼다가 내뻗자 강렬한 장결이 일어났다.

"흥!"

보통 고수들이라면 천마의 장결에 물러났겠지만, 궁백원에게는 운암검이 있었다.

운암검에 검기가 실리자, 천마의 장결이 홍해가 갈라지듯 베어졌다.

그러나 그것이 끝이 아니었다.

갈라지는 장결의 틈으로 천마가 검지를 뻗었다.

"이런!"

검기가 실린 검지는 쾌속하게 궁백원의 미간의 요혈을 노리고 있었다.

빠른 출초에 놀란 궁백원은 신법을 펼쳐 거리를 벌렸다.

그러나 천마의 검지는 변화무쌍하게 궁백원의 요혈을 노리고 따라왔다.

검이 아닌 손가락으로 펼치는 것이었기에 쾌속하기 짝이 없었다.

'큭, 검을 쥐고 있었다면 한순간에 결판이 났겠어.'

궁백원은 천마의 놀라움 검초에 식은땀이 나는 듯했다.

피하는 것이 능사가 아님을 깨달은 궁백원은 천마의 가슴에 검초를 날렸다.

천마가 몸을 젖히며 검초를 피했다.

촤악!

완전히 피했다고 생각했는데, 천마의 옷가슴 부분이 베여져 나갔다.

절세보검에 검기까지 실리니 그 예리함은 상상 이상이었다.

'거리가 벌어지면 위험하다.'

궁백원의 무위는 초절정의 끝에 달해 있었다.

그런 고수가 절세보검까지 들고 있으니 여간 불리한 상황이 아닐 수 없었다.

조금이라도 거리가 벌어지면 궁백원은 절초를 쓸 것이다.

"떨어져!"

촤르르르륵!

궁백원이 몸을 회전을 하며 수준 높은 초식을 펼쳤다.

거리를 벌리기 위한 묘책이었다.

좁은 거리에서는 검초를 펼치기가 힘들기에 천마를 어떻게 해서든 일정 간격으로 보내야 했다.

'별수 없나.'

천마가 짧은 찰나에 독특한 기수식과 함께 검기로 수백 갈래의 망(網)을 만들어냈다.

그것은 별리검법의 비검망세(悲劍網勢)였다.

'젊은 녀석이 어찌 이런 절세 검초를!!!'

대장로는 놀란 나머지 입이 쩌억 벌어졌다.

천 년 전, 오직 검선만이 대적할 수 있었던 별리검법의 진정한 초현이었다.

채채채채챙!

두 초절정 고수의 검기가 부딪치자 대나무 숲 전체로 철음이 울려 퍼졌다.

놀라운 것은 검이 부딪칠 때마다 그 검의(劍意)가 사람의 마음을 먹먹하게 만들었다.

'검초에 담긴 검의가 이렇게 슬플 줄이야. 허어… 저런 젊은 나이에 이런 검의를 가진다는 것이 가능한가.'

어느새 대장로의 눈시울이 붉어져 있었다.

천마가 펼치는 초식의 검의에 영향을 받은 것이었다.

'큭, 정말 괴물이로구나. 약관의 청년이 아니라 마치 산전수전 다 겪은 노고수를 상대하는 것 같다.'

검을 부딪치면 부딪칠수록 궁백원은 인정해야만 했다.

초식이나 실전 경험에 있어서 궁백원이 천마를 따라가기 힘들었다.

그것을 느낀 것은 궁백원뿐만이 아니었다.

'진법 내에서만 틀어박혀 있으니, 실력에 비해서 실전 경험

이 적군. 하나⋯⋯.'

문제는 실전 경험을 메워주는 것이 운암검이었다.

촤악!

검초를 펼치는 천마의 오른팔에 검상이 생겨나며 피가 튀었다.

운암검의 날카로운 예기는 금강불괴에 가까운 북호투황의 팔조차 베여서 상처가 날 정도였다.

'보검은 보검이군. 승부를 내야겠어.'

천마가 더욱 초식의 쾌속함을 올렸다.

그 순간.

'큭!'

어깨 쪽이 욱신거렸다.

옷이 붉게 물들어가고 있었다.

불로 지져서 응급처치 했던 상처가 검초를 펼치며 격하게 움직이자 터진 것이었다.

'젠장, 시간을 끌면 위험하겠어.'

상황이 불리하다고 판단한 천마가 취한 방법은 간단했다.

천마가 노골적으로 시선을 위로 쳐다보며 작은 목소리로 중얼거렸다.

"위가 비었군."

"뭐라고?"

갑자기 위라는 말에 궁백원은 무의식적으로 검을 위로 베어 올렸다.

그 순간 하단으로 천마의 발차기가 날아왔다.

퍽!

"큭! 이런 비겁한!"

궁백원의 신형이 일순간 흐트러졌다.

그것을 놓칠 천마가 아니었다.

천마의 검지가 어느새 궁백원의 미간에 닿아 있었다.

"대성사!"

제압당한 궁가의 대성사를 보며 대장로가 외쳤다.

약관으로 보이는 천마였기에 같은 초절정 경지의 끝에 이른 대성사라면 쉽게 제압할 것이라 여겼는데, 도리어 제압당했으니 당황스러울 만도 했다.

'당했다.'

진법 안에서만 살아왔기에, 한 번도 제대로 된 실전을 겪은 적이 없던 궁백원으로서는 이런 변칙적인 공격에 익숙할 리가 없었다.

궁백원의 이마에서 땀이 한 방울 흘러내리며 턱을 타고 내려왔다.

"왜… 왜 멈춘 건가?"

천마의 손끝에서 느껴지는 검기는 언제든 궁백원을 꿰뚫을 기세를 담고 있었다.

자신은 죽일 각오로 검을 휘둘렀는데, 천마는 멈췄으니 의아해졌다.

"내가 이곳에 온 목적은 궁가와 싸우기 위한 것이 아니다."

"그렇게 말한다고 현천검을 넘길 것 같은가?"

천마가 손속에 사정을 둔다고 해도 현천검은 쉽게 넘길 사안이 아니었다.

죽음도 불사할 것 같은 강렬한 눈으로 바라보는 대성사를 비웃기라도 하듯 천마가 피식하며 조소했다.

"웃기는군."

"뭐?"

팍!

"크억!"

천마의 검지가 방향을 틀어 궁백원의 어깨를 꿰뚫고 지나갔다.

현천신공의 극양의 내공이 실린 검기가 어깨를 타고 들어오자, 궁백원은 그 고통을 이기지 못하고 입에서 피를 뿜었다.

그때 천마가 품 안에서 검은색 단을 꺼내, 궁백원의 입에 밀어 넣었다.

갑자기 입안에 뭔가가 들어오는 것을 느꼈지만, 궁백원은 아무런 반항도 하지 못하고 그것을 삼켜 버리고 말았다.

"쿨럭… 쿨럭… 이… 이건?"

"여환단이다."

"여환단?"

"독단이지."

"도… 독이라고?"

궁백원의 얼굴이 순식간에 창백해졌다.

천마가 궁백원에게 먹인 것은 마교의 악명 높은 독인 여환 단이었다.

복용 시에 산공독처럼 강렬한 통증과 함께 내공을 흐트러 지게 만드는 효능을 가졌다.

사마세가에 있을 때 혹시나 해서 여분으로 제조했던 것이 었다.

"이런 간악한 자를 보았나. 감히 대성사에게 독을!"

독을 먹였다는 말에 노한 대장로가 천마를 향해 신형을 날 렸다. 아까부터 혹시나 하는 마음에 십 성 공력을 끌어 올리 고 대기했던 대장로였다.

휘릭!

"아닛?"

그 순간 천마의 손으로 궁백원이 떨어뜨린 운암검이 빨려 들어왔다.

놀란 대장로가 몸을 틀어서 피하려고 했지만 이미 늦었다.

천마가 검을 휘두르자 대장로의 오른손이 베여져 나갔다.

툭! 촤아아악!

"끄아아아아악!"

한순간에 손을 잃게 된 대장로는 바닥을 뒹굴었다.

난생처음으로 멀쩡한 신체 부위가 잘려 나갔으니 그 고통을 참지 못하는 것도 당연했다.

"어이, 늙은이, 손으로 끝낸 걸 다행으로 여겨라."

'이, 이걸 다행으로 여기라고?'

천마는 절대로 자신에게 검을 휘두르거나 살수를 쓴 자를 용서하지 않는다.

고통 속에서 대장로는 할 말을 잃고 말았다.

독부터 시작해서 손을 쓰는 것에 일체 망설임이 없는 천마가 두려워졌다.

"끄으으으… 대… 대성사!"

"이익!"

손이 잘려서 고통스러워하는 대장로의 모습에 분노한 궁백원이 내공을 끌어 올리려 하자, 단전을 불로 지지는 것 같은 강렬한 통증이 몰려오며 내공이 흩어졌다.

"크헉… 이… 이게 무슨……. 내공이 모이지 않아."

궁백원이 동공이 심하게 흔들렸다.

초절정의 끝에 이른 심후한 내공이 흩어지고 있었다.

무림인에게 있어서 내공을 잃는 것은 목숨을 잃는 것과 같 았다.

"자… 자네! 대체 내게 무슨 짓을 한 것인가?"

'흐음, 이 녀석, 산공독 같은 것을 모르는 건가?'

어떠한 독도 내공을 한순간에 없앨 수는 없다.

사파인들 중에 암수로 산공독을 쓰는 이들이 종종 있기에 경험이 많은 무림인은 이런 일로 쉽게 당황하지 않는다.

하지만 외부와 단절된 궁가의 사람들은 산공독을 알지 못 했다.

물론 여환단은 일정 시간이 지나면 자연히 해독되는 산공 독과는 다르다.

"내공이 없어진 것은 아니니 걱정 마라. 단지 네가 먹은 독 단은 해약을 먹지 않으면 통증과 함께 내공이 흩어지지."

"…해약과 현천검을 맞바꾸자는 말이더냐?"

"웃기는군. 여기에 있지도 않는 현천검을 주고 말고 할 것이 있나?"

"그… 그건……"

천마의 말에 궁백원은 아무 말도 하지 못했다.

그 말이 사실이었기 때문이었다.

'…역시 알고 있었나.'

현천검은 엄밀히 말해 현재 궁가의 소유물이 아니었다.

가지고 있기보다는 소재지가 어디에 있는지 알고 있을 뿐이었다.

"대체 자네의 정체가 뭔가?"

"정체? 네놈이 그걸 알아서 어쩔 거냐?"

탁!

"우읍!"

천마가 궁백원의 턱을 잡고 끌어당겼다.

궁백원의 눈에 핏빛처럼 붉은 천마의 동공이 들어왔다.

의식하지 못했는데, 눈을 마주하니 온몸에 소름이 돋는 것을 느낄 수 있었다.

'붉은 눈? 붉은 눈… 에 대해서 들었……'

그가 미처 뭔가를 떠올리기 전에 천마의 살기 어린 목소리가 귓가로 울렸다.

"어째서 궁가의 마을에서 현천검을 만들고 있는 거지?"

"그걸 어찌? 정말 자네는 혀… 현천검을 알고 있단 말인가?"

어젯밤 천마는 마을 한쪽에 쌓여 있는 무언가를 발견했다.

그것은 수백 개의 부러지고 휘어져 주조에 실패한 무구들이었다.

특이한 것은 이 무구들이 전부 검이었고, 하나같이 현천검과 흡사한 형태를 띠고 있다는 점이었다.

궁회원이라는 대장장이 혼자서 만들 만한 양이 아니었다.

'이자… 정말로 현천검을 알고 있다.'

궁가의 대성사인 그는 현천검의 비화를 알고 있다.

천 년 동안이나 북해를 벗어난 적이 없는 현천검을 안다는 것은 궁가나 단가와 관련이 없지 않고는 불가능했다.

"혹시… 자네, 단가와 관련이 있는 자인가?"

"뭐, 없진 않지."

"그렇다면…우웁!"

꾸우우욱!

그의 턱을 잡은 천마의 손에 힘이 들어갔다.

북호투황의 오른손의 완력은 일반적인 수준을 넘어선다.

궁백원의 얼굴이 고통으로 빨갛게 달아올랐다.

"쓸데없는 말은 하지 말고 내가 하는 질문에나 답해라."

짙은 살기는 단순한 위협이 아니었다.

정말 답변을 하지 않는다면 죽일 기세였다.

"아… 아니네. 예전에는 그랬지만, 이제는 현천검을 만들고 있지 않네. 자네가 본 것들은 예전에 폐검(廢劍)된 것들일세."

"지금은 아니라고?"

궁백원의 흔들림 없는 눈빛은 거짓이 없어 보였다.

천마가 고개를 갸웃거렸다.

궁백원의 말이 사실이라면 궁회원은 마을에서 유일하게 현천검을 주조하려는 대장장이라는 말이었다.

어째서 그 혼자서 현천검을 주조하고 있다는 말인가.

바로 그때였다.

뿌우우우우우!

"이건?"

마을 밖에서 연원을 알 수 없는 뿔피리를 부는 소리가 들려왔다.

뿔피리 소리를 듣자 궁백원이 당황한 얼굴로 천마를 쳐다보며 말했다.

"다, 단가일세."

"단가?"

"단가에서 사람이 온 거네."

단가라는 말에 천마가 인상을 찌푸렸다.

단가는 북해에서 궁가와 더불어 일족을 이루는 자들이었다.

대장장이들로 이루어진 궁가와 달리 일족 전체가 설한(雪寒)의 무공을 익힌, 진정한 의미에서 북해빙궁이라 불리는 이들이었다.

24장

단가 일족

숲으로 들어가는 길목의 바위에 앉아서 지팡이를 짚고 있는 노파.

그 옆에는 아름다운 은발의 여자가 자리하고 있었다.

여자의 손에 쥐여 있는 산양의 긴 뿔피리를 보아, 마을 밖에서 뿔피리를 분 것은 그녀임이 틀림없었다.

"생각보다 걸리는구나."

"더 수상해지는군요."

"흥!"

쿵!

노파가 바닥을 향해 지팡이를 내려치자, 바닥이 움푹 파였다.

특이한 것은 지팡이 끝에서 한기가 서려 있었다.

"켕기는 것이 많아서 그런 것이겠지."

바로 그때 숲에서 누군가 모습을 드러냈다.

"늦게 회신해서 송구합니다, 단모영 장로님."

포권을 하며 고개를 숙이는 그는 백색 털옷 무사들의 대장이었다.

그의 사과에도 불구하고 못마땅했는지 노파, 단모영이 노기 섞인 목소리로 말했다.

"어째서 자네가 나오는 것이야. 궁양 그 작자는 어찌하고."

"어머, 단 장로님. 그래도 궁가의 대장로신데."

"흠흠."

은발의 여자의 말에 심기 불편해하던 단모영은 조금 과했다는 생각이 들었는지, 헛기침을 해댔다.

"흠흠, 궁 장로는 어찌 안 나온 건가?"

"지금 궁 장로께서는 대성사와 함께 주조 작업이 한창이라 빼시기가 힘듭니다."

"주조 작업?"

주조 작업이라는 말에 단모영이 인상을 찌푸렸다.

궁가 일족이 가장 중요시 여기는 것은 대장장이 장인으로서의 숙명이었다.

평소라면 이 얘기를 당연하게 받아들였을 것이다.

"흥. 그 말을 믿으라는 겐가."

"어찌 거짓을 고하겠나이까."

외부인으로 의심되는 흔적이 군데군데 남아 있다.

이들이 하루의 여유를 두고 찾아온 것도 그런 증거를 찾기 위해서였다.

핏자국을 비롯해 모래 알갱이에 뚫린 나무 기둥부터 석연치 않은 것들을 발견했다.

"단도직입적으로 말하겠네. 궁가에서 맹약을 어겼는가?"

단모영의 뼈가 있는 말에 백색 털옷 무사들의 대장의 눈빛이 흔들렸다.

갑작스럽게 울리는 뿔피리 소리에 설마설마했는데, 벌써 눈치챘을 줄은 몰랐다.

'큰일이로구나. 단모영 장로의 성정은 호전적인데.'

대장은 잠시 망설이더니 조심스럽게 말했다.

"그, 그럴 리야 있겠습니까?"

"흥, 자네같이 우직한 자가 거짓을 고하는 것도 힘들지."

"거… 거짓이라뇨?"

고오오오오!

"허억!"

단모영의 작은 노구에서 강렬한 기세가 뿜어져 나왔다.

팔순의 노파가 내뿜는 공력이라고 믿기 힘들 정도였다.

단모영이 지팡이를 들어 그 끝을 대장에게로 향하자 차가운 한기가 일어났다.

"이미 이 눈으로 외부인의 흔적을 확인했네."

"단 장로님, 일단 노여움을 가라앉히시고……."

"노여움이고 자시고 사실을 고하지 못할까?"

단가의 장로들 중에서 제일 성정이 급하고 호전적인 단모영이었다.

심지어 과거에는 궁가의 대성사를 상대로 난리를 부린 적이 있을 만큼 앞뒤를 가리지 않는다.

"그… 그것이……."

백색 털옷의 대장이 어찌해야 하나 망설이던 찰나였다.

"응?"

단모영의 표정이 급변했다.

그녀는 당황스러운 표정으로 어딘가를 향해 고개를 돌렸다.

갑작스러운 그녀의 행동에 의아해진 은발의 여자가 물었다.

"단 장로님?"

"설영아, 당장 이곳을 벗어나야 해."

"네?"

"아무 소리하지 말고! 얼른!"

짧은 순간이었지만 그녀의 주름진 이마에 땀방울이 맺혀 있었다.

무언가를 굉장히 경계하는 눈빛이었다.

은발의 여자, 아니, 단설영이 뭐라고 말을 하기도 전에 단모영이 그녀를 밀쳤다.

"아앗!"

촤악!

순식간에 벌어진 일에 단설영의 동공이 커졌다.

그녀의 동공에는 네 개의 손가락이 잘려 나가 허공에서 피를 흩뿌리며 날아가는 것이 비쳐지고 있었다.

"단 장로니이이이임!!!"

단설영의 절규에 가득 찬 목소리가 사방에 울려 퍼졌다.

투투투툭!

잘린 손가락이 힘없이 바닥으로 떨어졌다.

단모영이 자신의 잘린 손가락을 쳐다보며 고통스러운 신음성을 흘렸다.

"끄으으으!"

"이… 이게 무슨?"

백색 털옷의 무사 대장은 영문 모를 표정으로 바닥을 바라보았다.

어디서부터 시작됐는지 짐작하기 힘든 굵직한 긴 선이 생겨 있었다.

그것은 흡사 날카로운 뭔가로 그은 것 같은 선이었다.

"검기?"

"끄으으으… 거… 검기 따위가 아니야."

"다… 단 장로님, 괜찮으십니까?"

단모영은 자신의 잘린 손가락을 지혈하기 위해 부여잡고 있었다.

식은땀을 흘리는 그녀의 눈빛에는 두려움으로 가득했다.

"거… 검기가 아니야. 거… 검강이야!"

"네?"

짝짝짝!

그때 박수 소리가 들려왔다.

화들짝 놀란 그들이 박수 소리가 들려온 방향을 쳐다보았다.

붉은빛이 감도는 검은 옷에 붉은 혁대를 차고 있는 중년인이었다.

얼굴의 오른뺨에는 긴 흉터가 있었고, 오만한 눈길로 그들을 좌시하고 있었다.

"검강을 알아볼 정도라니, 노파가 제법 실력이 있는걸."

"거… 검강?"

검강(劍强).

그것은 기를 넘어선 강기로서 검기를 형성하는 경지이다.

초절정의 경지를 넘어서 화경의 경지에 이른 자만이 가능하다.

"화… 화경의 고수!"

말로만 들었던 화경의 경지에 단설영은 믿을 수 없다는 얼굴로 그를 바라보았다.

궁가에 비하면 고수가 많은 단가이지만 화경의 고수는 존재하지 않았다.

"으으… 고, 고인은 누구시기에 이렇게 공격하는 거요?"

손가락들이 잘려 나간 고통을 참아가며 단모영이 조심스럽게 물었다.

예고 없이 검강을 날린 시점부터 적의가 넘쳤지만, 혹시나 오해가 있을 수도 있기에 실낱같은 희망으로 물은 것이었다.

그런 단모영의 희망이라도 꺾듯이 흉터의 중년인이 희열에 찬 목소리로 말했다.

"후후후, 뜻밖의 수확이군. 놈을 잡으려고 추적했는데, 이렇게 북해빙궁의 후손들을 만나게 되다니 말이야."

'아아아… 진정한 북해빙궁을 아는 자로구나!'

흉터의 중년인의 말에 단모영은 절망했다.

이자는 북해빙궁에 대해서 알고 있는 듯했다.

몇십 년 동안이나 바깥과 단절된 북해빙궁의 실체를 아는 자는 없었다.

"그… 그게 무슨 소리요?"

"노파가 시치미를 떼기는. 내가 설한신공의 기공을 몰라볼 것 같은가."

'아뿔싸.'

단모영은 지팡이에 자신의 기를 실었던 것이 후회되었다.

정체 모를 이 흉터의 중년인은 단가 일족의 무공인 설한신공마저 알고 있었다.

그 와중에 백색 털옷 무사들의 대장의 안색이 어두워졌다.

'놈을 잡으려고 추적했다니, 그렇다면 그들을 말하는 것이 아닐까.'

궁가의 마을로 들인 외부인들이 떠올랐다.

대장로가 허가해서 마을로 들이기는 했다만, 뭔가 사달이 날 것 같다고 예감했던 그였다.

그러나 그것이 이렇게 빨리 다가올 줄은 몰랐다.

'큭, 맹약을 어긴 대가가 이렇게 찾아오는 건가.'

그런 그의 귓가로 전음성이 들려왔다.

[궁 대장!]

[다… 단 장로님.]

단모영의 전음이었다.

그녀의 전음성에는 비장함이 섞여 있었다.

[이자는 분명 적이 틀림없소. 부탁 하나만 하리다.]

[무… 무슨 말씀이십니까?]

[시간이 없으니, 부디 설영이만이라도 궁가의 진법 내로 피신시켜 주시게. 이 아이가 얼마나 중요한지는 자네도 알지 않나.]

[하, 하오나.]

단모영의 부탁에 문지기 궁 대장은 어쩔 줄 몰라 했다.

화경의 고수가 눈을 시퍼렇게 뜨고 있는데, 어떻게 진법으로 피신시킨단 말인가.

그걸 알아채기라도 하듯 단모영이 전음을 보냈다.

[이 늙은이가 목숨을 다해서 막을 터이니 부탁함세.]

단모영은 희생을 각오하고 있었다.

이에 궁 대장이 입술을 질끈 깨물며 고개를 끄덕였다.

그녀는 단설영에게도 전음을 보냈다.

[설영아, 이 늙은이가 하는 말 잘 들으렴. 내가 저자를 막을 터이니, 너는 궁가의 문지기 대장을 따라 진법으로 들어가야 한다.]

[단 장로! 그럴 수는…….]

[아서라! 네가 가진 소명을 잊었느냐!]

단모영의 다그침에 단설영은 금방이라도 울 것 같았다.

눈물을 머금는 단설영을 뒤로한 채, 단모영이 내공을 끌어

올렸다.

그녀의 작은 노구에서 차가운 한기가 흘러나왔다.

"후후후, 작당은 끝났나?"

전음이 오가는 것을 진즉에 눈치챘지만, 가만히 지켜보고 있던 흉터의 중년인이었다.

전음을 중간에 도청할 능력은 없지만, 이런 상황이라면 분명 누군가가 희생하려 들 것이라고 판단한 그였다.

'네년들의 생각 따위야 뻔하지, 크큭.'

천마의 흔적을 따라 추적해 온 그는 이른 새벽에 도착해서 이곳을 샅샅이 뒤졌다.

그러나 근방의 어디에서도 아무것도 발견할 수가 없었다.

마치 증발이라도 한 것처럼 그 흔적이 이 호수 앞에서 뚝 끊겨 버렸다.

'분명 이곳의 어딘가에 숨어 있다.'

그것이 그가 내린 결론이었다.

단지 의외의 성과는 북해빙궁에 숨어 있는 것이었다.

몇십 년 전에 갑자기 사라진 북해빙궁의 흔적을 찾기 위해 조직의 많은 인력이 동원되었지만 수포로 돌아갔었다.

'후후후, 앞전의 실패를 무마할 수 있겠구나.'

흉터의 중년인은 즐거워졌는지 입술을 실룩였다.

"지금이닷! 하압!"

충분한 내공을 모은 단모영은 자신의 펼칠 수 있는 최고의 초식을 펼쳤다.

주위를 얼릴 것만 같은 차가운 한기가 몰아치며 중년인을 덮쳤다.

지팡이로 펼치고 있었지만 그것은 패도적인 도법이었다.

"노파가 제법이구나."

차차차차차창!

흉터의 중년인이 검을 휘두르자 한기가 서린 패기 넘치는 도초가 벽에 막힌 듯 튕겨졌다.

검강을 쓰지 않더라도 실력 차이가 극명했다.

하지만 단모영이 노리는 것은 그것이 아니었다.

그녀가 초식을 펼침과 동시에 궁 대장과 단설영이 숲을 향해 튕기듯 경공을 펼쳤다.

"어리석긴."

흉터의 중년인이 왼손의 검지를 뻗었다.

그와 동시에 붉은 검기가 뻗어나가 궁 대장과 발목과 단설영의 등에 적중되었다.

"큭!"

"아악!"

미처 숲으로 들어갈 생각만을 했던 그들은 검기에 방비하지 못했다.

계획이 실패하자 단모영의 안색이 창백해졌다.

흉터의 중년인이 이죽거리며 말했다.

"내가 네놈들을 놓칠 것 같으냐!"

이미 천마를 놓친 전적이 있는 흉터의 중년인이었다.

더 이상 눈앞에서 적을 놓치지 않으리라 굳은 다짐을 한 터였다.

'아아아, 어쩔 수가 없구나.'

단모영은 결국 큰 결심을 했다.

그녀의 몸에서 새하얀 광채가 흘러나왔다.

이에 흉터의 중년인이 당혹스러운 듯 인상을 찌푸렸다.

"이 노파가… 설마?"

"이노오오옴! 이미 이 늙은이는 충분히 살 만큼 살았느니라. 네놈을 저승길 동무로 삼겠다!"

"이 미친 늙은이!!!"

단모영의 몸에서 광채가 흘러나오는 것은 본원진기(本原眞氣)를 끌어 올렸기 때문이었다.

그녀가 가진 모든 진기를 끌어 올려 희생을 자처한 것이었다.

초절정 고수가 끌어 올린 본원진기는 아무리 화경의 고수더라도 방심할 수 없었다.

"아아아! 단 장로!"

단설영의 눈에서 참았던 눈물이 흘러나왔다.

어릴 적부터 자신을 돌봐주었던 어머니 같은 존재였다.

그녀가 희생을 자처하는 것은 단설영이 가진 소명을 지키기 위해서였지만 슬픔은 어쩔 수가 없었다.

[가거라, 어서.]

그것이 단모영의 마지막 전음이었다.

차가운 설한신공의 한기가 사방으로 뻗어나가 주위를 얼려나갔다.

죽음을 각오한 단모영의 마지막 초식에 흉터의 중년인의 검에 붉은 검강이 맺혔다.

"같이 가자꾸나!"

"제기랄!"

새하얀 빛의 설한신공의 정수와 붉은 검강이 맞부딪쳤다.

*   *   *

엄중한 분위기에서 궁가의 일족 회의가 끝났다.

장로들이 돌아가고 마당에 혼자 남게 된 궁백원은 깊은 한숨을 내뱉었다.

불과 며칠 전에 벌어진 사건 때문이었다.

부상을 입고 들어온 문지기 무사 궁 대장과 단가의 단설영.

그들은 정체 모를 적에게 피습당했다.

단가에서 때때로 궁가를 방문한 적은 있었지만, 적에게 피습당해 도망쳐 온 것은 처음이었다.

도망쳐 온 문지기, 궁 대장은 일족 회의 때, 폭탄을 터뜨리고 말았다.

"적은 화경의 고수였습니다."

화경(化竟).

궁가의 모든 일족이 합공해도 방도가 없는 절대적인 고수였다.

그런 위험한 고수가 피습을 했다면 이곳도 더 이상 안전하지 않다.

그것은 궁 대장이 이어서 했던 말 때문이기도 했다.

"그런데 그 화경의 고수가 지금 마을에 머물고 있는 그들을 쫓아서 이곳까지 온 것 같습니다."

그러자 일족 회의에서 여타 장로들은 난리가 났다.

당장 외부인을 내쫓아야 한다는 둥 죽여야 한다는 둥 강경한 의견이 쏟아져 나왔다.

궁백원 역시도 동의하는 바였지만 문제는 다른 것에 있었다.

그는 지금 여환단에 중독된 상태였다.

대성사인 그와 대장로는 여환단에 중독되어 자신들의 의지와 상관없이 천마를 변호해야 하는 입장이 되어버린 것이었다.

아무리 장로들이 이구동성으로 의견을 제시해도 대성사와 대장로가 반대를 하니 어쩔 도리가 없었다.

물론 대장로가 따로 언질을 한 부분도 컸다.

잘린 팔을 보이면서 천마를 자극시켜서는 안 된다고 했었다.

무공에서 취약한 궁가의 장로들이었기에 그 후부터는 강경한 의견을 제시하지 못했다.

"대성사, 그가 약속을 지키겠습니까?"

마당에서 연신 한숨을 내쉬는 대성사를 걱정스러운 듯이 대장로가 물었다.

대성사는 고개를 저으며 말했다.

"후우, 그러길 바라고 있소."

"이 노부의 실책입니다."

"이미 벌어진 것을 어찌하겠소. 엎질러진 물인 것을⋯⋯."

대장로는 자신이 이들을 마을로 들인 것을 깊이 후회했다.

사태가 이렇게 걷잡을 수 없게 커지리라고는 꿈에도 생각지 못했다.

"그저 잘 풀리기를 바랄 뿐이오."

특별한 방도가 없었다.

내부에는 천마가 버티고 있었고, 밖에는 정체 모를 화경의 고수가 있으니 궁가의 입장에서는 진퇴양난이나 마찬가지였다.

한편 천마는 방 안에서 정좌를 하고서 연 며칠째 운기조식 중이었다.

며칠 전에 무리해서 무공을 펼치면서 상처가 터져 버렸다.

아무리 불로 지져서 임시 조치를 취했다지만 화살이 관통을 했으니 멀쩡할 리가 없었다.

"아니, 이런 상처를 불로 지져서 지혈하다니 미친 거요?"

의원은 감당이 되지 않는지 혀를 찼다.

그렇지 않아도 설유라를 치료하면서 그녀의 상처를 불로 지진 것이 과했다고 여겼는데, 이제야 누가 응급처치를 했는지 알 만했다.

"내상약과 금창약을 같이 처방했으니, 한 달 정도 요양을 잘한다면 회복될 것이오."

그러나 의원이 예상하지 못한 것이 있었다.

천마의 현천신공의 효능은 일반적인 상식의 범주를 넘어섰다.

일주일도 채 되지 않은 엿새째.

약과 함께 운기조식을 꾸준히 행한 결과 천마의 상태는 상당한 차도를 보였다.

괴의 사타조차도 천마의 이런 경악스러운 회복 능력에 놀라워했었다.

'제대로 꼬였군.'

운기조식을 하는 내내 천마는 여러 가지 변수를 짚어가고 있었다.

대나무 숲에서 대성사인 궁백원에게 현천검을 주조하는 비밀을 들으려 했지만, 뿔피리 소리가 난 지 얼마 있지 않아 혈마기를 감지했다.

분명 자신에게 화살을 던졌던 그자의 기였다.

'살아서 이곳까지 추적했을 줄이야. 질긴 놈이로군.'

화경의 고수라 쉽게 죽지 않으리라 여겼지만 여기까지 추적할 줄은 몰랐다.

아무리 자신의 뜻이 가는대로 제멋대로인 천마였지만, 부상자를 치료받는 것을 비롯해 도움을 받는 처지였다.

그 와중에 위험한 적을 끌어들였으니, 내심 미안하지 않을 수가 없었다.

천마는 자신의 과함을 인정했다.

"흠, 계집이 치료가 되는 대로 이곳을 나가겠다."

결국 이런 약조를 했다.

물론 그동안에 제재당하던 규칙은 전면 폐기되었다.

오히려 여환단 때문이라도 대성사가 그들의 눈치를 봐야 하는 입장이었다.

천마의 약조가 미덥진 않았지만 거짓말을 할 위인 같지는 않았다.

'어차피 현천검은 이곳에 있는 것이 아니니깐.'

현천검을 꽂은 위치는 자신이 더욱 잘 안다.

그곳에서 현천검을 다시 뺄 수 있는 자는 천마, 그 자신 이외에는 누구도 존재하지 않는다.

'단지 마음에 걸리는 건.'

궁가에서 왜 현천검을 주조하는지에 대해서 어렴풋이 짐작 가는 부분은 있었다.

아무리 만년한철로 만들었지만, 아무런 보수 없이 천 년 동안이나 방치된 검이었다.

그것이 마음에 걸렸다.

부디 그 짐작이 아니길 바랄 뿐이었다.

천마가 묵고 있는 숙소의 맞은편에는 의원이 자리하고 있다.

작은 마을의 의원인 만큼 환자들이 머물 병실이 협소하기만 했다.

'아아.'

의원의 노고 덕분에 겨우 생명을 구하게 된 설유라였다.

그녀는 이틀 전에 깨어났다.

모용월야를 통해 천마가 자신을 구하기 위해서 궁가 일족의 마을로 온 것을 전해 들었다.

물론 이 마을이 북해빙궁이라는 것 역시도 말이다.

설유라가 병실의 침상에 누워서 멍하니 천장을 쳐다보고 있었다.

'…어색해.'

북해빙궁을 정벌하러 왔는데, 이곳의 의원에서 치료를 받고 있다.

아무리 생각해도 참으로 어처구니없는 상황이었다.

더군다나 옆에 누워 있는 은발의 여자는 자신들을 습격한 그들로 추정되는 자에게 당했다고 한다.

'어쩌다 이렇게 된 거지?'

사부인 검황이나 사형들과 함께할 때는 한 번도 겪어보지 못한 일들이었다.

내심 문율이나 둘째 사형 말대로 했어야 했나 하는 생각도 들었다.

하지만 지금 당장에 그녀를 난처하게 하는 것은 다른 문제였다.

말똥말똥!

어쩜 눈을 저렇게 예쁘게 뜨고 자신을 바라보는지 모르겠다.

언제부터인지 모르나 부상에서 정신 차린 은발의 여자가 틈만 나면 그녀를 뚫어지게 보고 있었다.

 처음에는 그러려니 했는데, 어느 순간부터 부담이었다.

 그러던 찰나에 그녀의 귀로 청아한 목소리가 들려왔다.

 "저기……."

 멍하니 천장을 바라보고 있던 그녀는 흠칫 놀라서 고개를 돌렸다.

 어느새 은발의 여자가 자신 쪽으로 침상에 걸터앉아 있었다.

 "네… 네?"

 "외부에서 온 이방인이라고 들었거든요."

 "그… 그런데요."

 아름다웠지만 입을 다물고 있으면 차가워 보이는 인상에 얼음 공주라 불리는 설유라다.

 보통은 그런 그녀의 분위기에 타인들이 쉽게 말을 걸지 못한다.

 특히 같은 동성의 경우라면 더욱 그랬다.

 방긋!

 "바깥 분들은 괴물들만 살 것 같았는데, 비슷하네요?"

 "괴물요? 풋."

 오히려 이 은발의 여자는 붙임성이 있었다.

그녀 못지않게 독특한 머리색 때문에 신비한 느낌과 더불어 다가가기 어려운 느낌이었는데, 미소로 얘기하니 한결 편안해졌다.

"저야말로 오해했네요. 이쪽에 이렇게 아름다운 분이 계실 줄은 몰랐는걸요."

"어머, 제가 하고 싶었던 얘기였는데."

대화에 있어서 가장 효과적인 방법은 서로의 칭찬이다.

서로를 칭찬함으로써 어느 정도 어색함이 가시는 그녀들이었다.

"상처가 컸었다고 들었는데, 좀 괜찮나요?"

"이곳 의원께서 신경 써주신 덕분에 많이 괜찮아졌어요."

…라고는 했지만 아직은 거동이 힘들었다.

그러니 누워서 대화를 하는 것이기도 했다.

"이렇게 고우신데 상처가 남아서 어떡하나요?"

"무인한테 상처는 영광이죠."

다부지게 말하는 설유라의 말에 은발의 여자가 미소를 지었다.

참으로 강한 여자라는 느낌을 받았다.

'바깥세상의 무인은 여자라도 뭔가 다르구나. 아… 아!'

은발의 여자는 뭔가 깜빡했다는 듯이 박수를 치며 말했다.

"실례를 범했네요. 저는 단가의 단설영이라고 해요"

"아… 아아, 저… 저는, 으음."

"괘, 괜찮으니깐. 누워서 말씀하셔도 되요."

단설영의 배려에 몸을 억지로 일으키려 했던 설유라가 다시 몸을 누웠다.

그녀가 검선의 선천공(仙泉功)을 운기하면서 내가 치료를 겸했다면 더욱 회복이 빨랐겠지만, 아직까지 가부좌를 취하기도 힘들었다.

"배려 감사해요. 흠흠, 저는 검문의 설유라라고 해요."

누워서 인사를 하는 것이 어색했는지, 그녀가 헛기침을 하며 소개했다.

그런데 그녀의 소개에 단설영의 표정이 묘해졌다.

"검문이요? 검문… 검문… 앗! 혹시 검선의 후예이신가요?"

"네? 그, 그걸 어떻게?"

뜻밖에도 단설영은 검문의 개파 조사인 검선을 알고 있었다.

외부와 단절되어서 바깥의 사정을 전혀 모른다고 들었는데, 검선에 대해서 알고 있으니 설유라로서는 놀랄 수밖에 없었다.

"와! 신기해요. 설화에서나 나오는 이야기인 줄 알았는데, 정말 검선의 후예가 있었군요."

단설영은 눈빛이 초롱초롱해져서 들떠 있었다.

반면 설화라는 말에 설유라는 영문을 모르겠다는 표정을 지었다.

이에 단설영이 얼굴을 붉히며 말했다.

"뭔가 들뜬 모습을 보인 것 같아서 괜히 부끄럽네요. 예전에 저희 어머니께서 해주신 얘기가 있었거든요."

"어머니께서 해주신 얘기요?"

"네, 그게… 음……."

아무렇지 않게 이야기를 하려던 단설영이 잠시 망설였다.

처음 만나는 외부인을 상대로 이런 얘기를 해도 될지 고민이 된 것이다.

하지만 생각해 보면 외부인을 들이지 마라와 바깥세상으로 나가면 안 된다는 맹약 외에는 정해진 것은 없었다.

'하긴 외부인을 들인 것은 궁가이지. 우리 단가는 아니잖아.'

스스로를 납득시키는 억지 논리였다.

규칙에 얽매이기에는 그녀는 아직 젊었다.

항상 궁금해하고 상상으로만 그렸던 바깥세상의 또래인 설유라에게 왠지 모를 친근감을 가진 그녀였다.

그리고 지금 일족에 관한 이야기도 아니고, 예전에 있었던 설화를 말하는 것이니 괜찮아 보였다.

"음음, 언제 있었던 얘기인지는 저도 잘 몰라요. 대략 천 년도 전에 있었던 일이래요."

"천 년이요? 우와!"

검문의 역사가 천 년 전부터 시작되었음은 알고 있던 설유라다.

그렇지 않아도 누워만 있어서 따분했던 그녀였다.

그래서인지 호기심 가득한 눈빛으로 단설영의 이야기를 경청하기 시작했다.

"아주 예전에 궁가와 단가가 하나였던 시절이 있었어요. 아! 여기는 궁가 일족의 마을이에요. 그, 그 정도는 알고 계시죠?"

혹시나 하는 마음에 단설영이 물었다.

이미 얘기하기로 정했으면서도 괜히 조심스러워지는 그녀였다.

*　　　　*　　　　*

천 년 전.

이곳 단궁 일족의 마을은 한철을 주조할 수 있는 장인들의 마을이었다.

워낙 북쪽에 치우쳐진 외지였기에 이곳을 찾는 이는 많지 않았다.

하지만 송곳이 날카로우면 주머니를 찢는 법.

그 명성이 조금씩 입소문을 타면서, 중원에서 유명한 무인들이 무구 주조를 부탁하러 왔다고 한다.

당시에는 마을에 아무런 이름이 없었다고 한다.

그저 단가와 궁가가 모여 사는 마을이라고 불렸다.

당시 황실의 삼 황자가 황태자의 보위 즉위식에 바칠 보검 주조를 부탁할 장인을 찾게 되었고, 수소문 끝에 마을 최고의 장인인 대성사를 만나기 위해 행차하게 되었다.

중원 황실의 황자가 먼 길을 떠나 납신다고 하니, 마을로서 경사가 아닐 수 없었다.

이때 단가의 대종사와 궁가의 대성사는 황자를 맞이하기 위한 환영식을 위해 고심을 하다 패가이호(貝加爾湖: 바이칼호의 중국식 명칭)의 알혼섬에 작은 얼음 궁전을 짓게 된다.

단가의 대종사 단설강은 설한신공의 극경에 이른 자로 그의 손에 닿는 것은 무엇이든 얼릴 정도의 놀라운 고수였다.

"호수의 일부를 얼려서 그것을 궁가의 대성사와 장인들이 깎아서 작은 얼음 궁전을 만들었다고 들었어요."

"어머, 얼음으로 지어진 궁전이라니, 너무 멋지네요."

"맞죠? 맞죠?"

삼 황자는 도착해서 얼음으로 지어진 작은 궁전에 큰 감동을 했다고 한다.

그로 인해 삼 황자는 이 얼음 궁전에 이름을 붙여주었다고 한다.

"세상에 이렇게 추운 북쪽에 넓은 호수가 있었다니… 마치 바다를 보는 것 같구나. 과연 북해라고 할 만하도다."

중원 사람들은 이곳 패가이호를 북해(北海)라고 불렀다.
호수의 규모가 상상을 초월할 만큼 거대했기 때문이었다.

"이 얼음 궁전은 북해의 섬에 있으나, 멀리서 보면 얼음 궁전만 떠 있는 것처럼 보이는구나. 그렇다면 이 얼음궁을 북해빙궁이라 불러야겠구나."

그것이 북해빙궁의 기원이었다.
황실에서 이름을 붙여주면서 중원에서도 이곳 마을을 북해빙궁이라 부르기 시작했다.
처음 듣는 비사에 설유라는 신기해했다.
"그 덕분에 마을에 방문하는 사람들의 숫자가 늘어갔죠."
소문이라는 것은 매우 빨랐다.
마을을 방문하던 이들이 열 배가 넘게 늘어나고 말았다.
비록 장인들의 마을이라고는 하나 늘어가는 수요를 감당하기 힘든 수준에 이르렀다.

하나둘씩 지쳐가면서 과로사를 하는 이마저도 생겨났다.

결국 대종사와 대성사는 특단의 조치를 취했다.

대종사가 인정하는 영웅에게만 보검을 주조하겠다고 선언한 것이다.

"영웅이라면?"

"대종사의 시험을 통과한 자를 말하는데, 실상은 비무를 뜻했죠."

"아아!"

대종사 단설강은 사조 이래 처음으로 설한신공의 극경에 이른 자였다.

화경의 경지에 이른 그는 무림에서도 보기 드문 고수였다.

그 이후로 수많은 고수가 찾아와서 단설강에게 도전하였지만, 한 사람도 그 시험에 통과한 자가 나타나지 않았다.

"십 년 정도는 누구도 대종사를 꺾지 못했다고 하더군요. 그래서인지 어느 순간부터는 마을에 다시 방문이 적어졌어요."

그렇게 잠잠하던 어느 날, 마을로 찾아온 이들이 나타났다.

"그들은 무림에서 한참 명성을 떨치고 있는 젊은 고수들이었어요. 그들을 무림인들이 창천삼협(蒼天三俠)이라고 불렀다고 했어요."

"창천삼협이요?"

내심 검선이 등장한 줄 알았더니, 뜬금없이 창천삼협이라는 말에 김이 빠지는 설유라였다.

그것을 알아채기라도 했는지 단설영이 배시시 웃으며 말했다.

"창천삼협의 일인이 훗날 검선이라 불렸다고 들었어요."

"아아!"

그 말에 설유라의 표정이 밝아졌다.

뭔가 개파 조사의 옛 이야기를 들으니 흥미진진해졌다.

정문명파는 아니었지만 뛰어난 젊은 고수들이었던 창천삼협은 협행으로 이름을 날렸었다.

젊은 세 명의 고수는 기세 좋게 단설강에게 도전했다.

"어떻게 됐나요? 검선께서는 이기셨나요?"

"아니요."

단호한 한 마디에 설유라의 얼굴이 굳어졌다.

분명 이야기의 흐름상 창천삼협이 이겼을 것 같았는데 아니라고 하니 의아했다.

"비무에서 무승부를 냈다고 들었어요."

"무승부요?"

물론 무승부를 낸 것은 그들 전부가 아니었다.

검선과 또 다른 한 사람이 무승부를 이뤘다고 한다.

그러나 마지막에 겨룬 창천삼협의 한 사람은 고군분투를

했지만, 끝내 단설강의 옷깃 한 번 스치지 못했다.

"그 한 사람도 무공이 뛰어났으나, 다른 두 사람에 비하면 범재였죠."

젊은 나이에 높은 경지에 이른 두 사람에게 감탄한 대종사 단설강은 대성사에게 일러 그들의 검을 주조해 줄 것을 부탁했다.

당시 대종사인 단설강 못지않게 대성사 역시도 백 년에 한 번 나올까 말까 한 최고의 장인이라고 했다.

최고의 보검을 만들기 위해서 소요될 시간은 일 년이 걸린다고 들었다.

"보검을 얻게 된 것을 기뻐한 그들은 흔쾌히 그곳에서 기다리기로 했다고 해요."

"대종사를 이기지 못했다는 그 한 사람만 떠났겠네요."

"아뇨. 그자도 남았어요. 창천삼협 중 혼자만 진 것이 분했는지, 대종사와 승부를 낼 때까지 남아 있겠다고 했나 보더군요."

대단한 투지라고 할 수 있었다.

하지만 설유라가 자신의 조사인 검선과 겨뤄서 승부가 나지 않았다는 단가의 대종사를 놀라워했다.

보통 대종사에게 패배한 이들은 승부욕이 꺾여서 돌아가곤 했다.

그런데 오히려 투지를 불태우니, 그것을 높이 평가한 대성사는 그의 검 역시도 주조해 줄 것을 약조했다.

"호호호, 여기서부터 제가 제일 좋아하는 내용이에요. 제일 싫어하기도……."

"네?"

"아, 아니에요. 아무튼 창천삼협이……."

무공을 연마하며 협행을 해왔던 창천삼협이 이렇게 한 장소에서 일 년 동안이나 길게 머무른 적은 처음이었다.

그러다 보니 본의 아니게 마을 사람들과 왕래가 잦아지면서 친분을 쌓게 되었다.

오랫동안 마을에 있으면서 그들은 단궁 일족의 많은 전통을 접했다.

그런데 문제는 여기에 있었다.

대개의 전통들은 괜찮았는데, 이 단궁일족의 오래된 전통 중에 인신 공양이라는 것이 있었다.

"인신 공양이라면 설마 그 사람을?"

"…네. 말 그대로 살아 있는 사람을 제물로 바치는 거예요."

단설영의 씁쓸한 표정을 지으며 답했다.

설유라 역시도 남만 쪽이나 상해 지방의 바닷가에서 먼 옛날 해일을 잠재우기 위해 인신 공양을 했었다는 얘기는 들어봤었다.

하지만 이런 인원이 많지 않은 마을에서 인신 공양이라니 끔찍하기 짝이 없었다.

이런 마을의 해괴한 전통은 수백 여 년 전부터 내려왔던 것이라고 한다.

차가운 설한의 대지에 단궁 일족이 뿌리를 내리기 시작하던 해부터 마을에 괴사가 일어났다.

해마다 태어나는 아이가 죽어나가는 것이었다.

초대 대종사는 갖은 방도를 강구하다 못해 용한 점쟁이를 불렀다고 한다.

점쟁이의 말에 의하면 드넓은 대륙에는 풍수 지리적으로 기가 역류하는 곳이 있다고 했다.

그중 한 곳이 이 알혼섬이었다.

"점쟁이는 정말로… 극단적인 방법을 알려주었어요."

점쟁이는 초대 대종사에게 말했다.

"이곳에서 나오는 괴사를 막기 위해선 십 년에 한 번씩 인신 공양을 해야 합니다. 순결한 처녀를 바침으로써 역류하는 악한 기가 잠잠해질 겁니다. 지금은 당장에는 믿기 힘드시겠지만, 인신 공양을 하지 않는다면 더욱 끔찍한 일이 벌어질지도 모릅니다."

초대 대종사는 처음에는 오히려 인신 공양을 끔찍이 여겨

점쟁이의 말을 믿지 않았다.

하지만 그로부터 십 년이 되던 해에 바라지 않던 끔찍한 일이 벌어졌다.

마을에 알 수 없는 전염병이 돌아 마을 인구의 절반이 죽고 만 것이다.

결국 그때를 기점으로 인신 공양을 하게 되었다.

놀랍게도 인신 공양을 한 날을 기점으로 단 한 사람의 희생도 일어나지 않았다.

"미신적인 얘기는 잘 믿지 않는데, 너무 소름 끼치네요."

설유라는 신앙이나 미신적인 일화를 잘 믿지 않는 성격이었다.

그러나 워낙 단설영이 진지하게 말을 하니, 자신도 모르게 팔에 닭살이 돋을 만큼 놀라워했다.

"이렇게 내려온 인신 공양은 외부인들인 창천삼협에게는 받아들이기 힘든 관습이었죠."

대종사, 단설강에게는 일남일녀의 자제들이 있었다.

오래전부터 전통처럼 받아들인 인신 공양에는 지위 고하가 없었다.

"설마?"

"네. 그 해가 인신 공양의 때였어요. 그 순번이 대종사 댁이었죠."

문제의 발발은 이것에 있었다.

공교롭게도 창천삼협의 두 사람이 한 여자에게 반하는 사건이 벌어졌다.

창천삼협은 신진 고수들로 명성을 떨치면서, 차세대 무림의 절대자가 될지도 모른다는 이들이었다.

매파가 끊이지 않을 만큼 젊은 무림의 여성들에게 인기도 많았다.

그런 그들 중 둘이 세외의 한 여자에게 반한 것이었다.

들뜬 단설영이 얘기를 하면서 자신도 모르게 얼굴을 붉히며 설유라의 허벅지를 손바닥으로 때렸다.

짝!

"꺄악!"

"어머! 미, 미안해요."

살짝이라고는 하나 부상자인 설유라는 아팠다.

그래도 그녀 역시도 살짝 얼굴이 붉게 상기되어 있었다.

명성을 떨치는 젊은 남자 두 명이 한 여자에게 반했다는 이야기는 한창 연애에 관심이 많은 여자들에게 있어서 호기심을 자극시키는 화제였다.

"혹시 그 두… 두 사람 중 한 명이 저희 조사님인가요?"

"네! 검선도 포함되어 있어요, 호호호."

왠지 조사 검선과 관련된 이야기라고 하니 남일 같지 않아 부끄러워졌다.

다시 그녀가 이야기를 이었다.

대종사의 딸에게 반한 두 사람은 이대로 그녀가 산 제물로 바쳐지는 것을 지켜볼 수 없었다. 결국 대종사를 직접 찾아가기에 이르렀다.

외부의 젊은 고수 두 명이 인신 공양을 악습이라며 반대를 하니, 대종사로서는 여간 당황스럽지 않을 수가 없었다.

한데 마을에서는 아무런 의심 없이 내려온 관습이었다.

"그때 검선이 대종사에게 이렇게 말했다고 하더라구요. 꺄악!"

"만약 저희가 이 악습이 없어지게 만든다면, 따님을 제게 맡기시겠습니까?"

이 부끄러움을 감당하는 몫은 그 후손인 설유라였다.

멋지면서도 뭔가 모르게 낯간지러운 느낌 때문에 얼굴이 새빨개졌다.

대종사로서는 딸을 잃고 싶지 않았기에 밑져야 본전이라는 생각에 허락했다.

"딸을 산 제물로 바치는 것보다 자신이 인정한 젊은이에게 맡기는 것이 훨씬 나은 선택지였죠."

큰 기대를 하지는 않았지만 그것은 작은 불씨였다.

놀랍게도 그 작은 불씨는 크게 불타올랐다.

창천삼협 중 유일하게 대종사에게 패한 일인은 무공보다도 학문이 뛰어나고 주역과 사주, 풍수지리에도 능했다.

그는 악한 기가 역류하는 중심지를 끊으면 이 폐해가 없어질 것을 확신했다.

"그런데 문제가 있었죠. 이것을 끊으려면 보통의 무구로는 어림도 없었죠. 주변의 기를 흡수할 수 있는 만년한철로 만들어진 보검을 사용해야 하는데……."

마침 인신 공양의 시기와 그들의 검이 완성되는 시기가 맞물린 것이었다.

그들은 스스로의 시험에 들었다.

일 년이나 기다려 온 절세보검을 얻을 기회였다.

무림인이라면 누구나가 고심할 수밖에 없는 순간이었다.

"아아아……."

설유라가 신음성을 흘렸다.

그도 그럴 것이 검선에게 제자들은 있었으나, 후손이 없음을 떠올렸기 때문이었다.

"젊은 고수였던 검선은 당시에 명성을 떨치고 싶어 했고, 보검을 놓치고 싶지 않았죠. 반면 창천삼협의 다른 일인은 추호의 망설임도 없이 완성된 자신의 검을 포기했죠."

설유라는 자신도 모르게 고개를 떨어뜨렸다.

검문의 조사인 검선은 정도의 대명사와도 같은 인물이었다.

그 스스로 선도를 수양하고, 정도를 천명하기 전까지는 명성을 추구하는 철없는 이십 대를 보냈음을 회고하는 기록이 남아 있었다.

"역류하는 기맥은 끊는 데 성공한 건가요?"

"네. 정말 신기한 건 그 이후로 아무 일도 일어나지 않았어요."

일 년이 지나도 마을에서 괴사는커녕 아무 일도 일어나지 않았다.

인신 공양을 하지 않아도 마을에 일어날 끔찍한 참사를 막게 되자, 마을의 모든 주민은 눈물을 흘리며 기뻐했다.

마을의 악습의 고리가 끊어지게 된 것이다.

기뻐한 대종사 단설강은 자신의 검을 포기하고 마을을 구한 젊은 영웅에게 딸을 주었다.

그리고 대성사가 그를 위해 다시 한 번 만년한철로 검을 주조해 주었다고 한다.

"천 년 전에 있었던 이야기라고 하니 더 멋지지 않나요?"

단설영은 자신의 빨개진 뺨을 매만지며 말했다.

그런 그녀를 보면서 설유라는 미소를 지었다.

자신이 기대한 조사 검선의 영웅담은 아니었지만 가슴을

두근거리게 하는 이야기였다.

무림인으로서도 여자로서도 말이다.

문득 그녀는 조사 검선조차 쉽게 하지 못했던 보검을 포기한 그 남자가 누구인지 궁금해졌다.

"혹시 그 창천삼협 중에 한 명은 누구인지 알고……."

달칵!

그때 병실 문이 열리며 누군가 들어왔다.

그는 다름 아닌 사마영천이었다.

설유라가 깨어난 후로 한 번도 그녀의 방에 들르지 않았던 그였다.

그런데 갑작스럽게 안으로 들어오자 그녀는 많이 당황했는지 자신도 모르게 눈을 질끈 감아버렸다.

"뭐냐? 검문의 계집, 실컷 떠들다가 자는 척하는 거냐."

'악! 난 몰라!'

부끄러워진 설유라의 얼굴이 홍시처럼 익어버렸다.

25장

위기의 궁가 마을 上

혈교의 잔당으로 추정되는 위험한 적이 진법 밖에 있다.

그것을 알게 된 천마는 전력으로 회복에 집중했다.

그러다 보니 설유라가 깨어났다는 것을 들었지만 크게 신경 쓰지 않았다.

내상을 어느 정도 회복한 천마는 그제야 설유라가 어느 정도 호전되었는지 궁금해졌다.

그녀가 회복되는 대로 마을을 떠나가기로 약조했기 때문이었다.

"실컷 떠들 기운이 있는 걸 보니 좀 살 만한가 보군."

움찔!

차마 눈을 뜰 수가 없는 설유라였다.

갑자기 천마가 들어오리라고는 상상도 하지 못했다.

항상 자신에게 무뚝뚝하게 굴었던 그였기에 더욱 그랬다.

덥썩!

'헉!'

그녀는 자신의 손을 잡는 천마의 대담한 행동에 속으로 놀라워했다.

물론 겉으로도 표시가 났다.

새하얀 그녀의 얼굴이 빨갛게 익었으니 말이다.

"흠."

그러나 천마가 그녀의 손을 잡았던 것은 맥을 짚어서 내상이 얼마나 호전되었는지 알아보기 위한 것이었다.

의원만큼은 아니었지만 맥을 짚어서 내상의 호전 여부는 알 수 있는 그였다.

'생각보다 더디군.'

검선의 선천공으로 부단히 운기했다면 보다 많은 차도가 있었을 것이다.

아무래도 외상의 크다 보니 그런 듯했다.

천마가 혀를 차며 말했다.

"쯧쯧, 자는 척하는 건지는 모르겠는데, 가부좌를 할 수 있게 되면 선천공을 운기하도록. 이렇게 회복이 더뎌서야 이곳을 나갈 수 있겠나."

그렇게 말한 천마는 볼일이 끝났는지 병실을 나가 버렸다.

그가 나가자 설유라는 한쪽 눈만 살짝 뜨며 확실하게 나갔는지 눈치를 보았다.

그런 그녀의 모습에 단설영이 크게 웃으며 말했다.

"푸핫! 설 소저, 왜 이렇게 귀여워요."

"네… 넷? 귀엽다고요?"

"저 왠지 알 것 같아요."

"하아… 전 단 소저가 지금 무슨 말을 하는지도 모르겠는걸요."

난생처음으로 귀엽단 소리를 들었다.

그것도 오늘 처음 대화를 섞은 북해빙궁의 여자에게 말이다.

더군다나 며칠 전만 하더라도 이곳을 정벌하러 왔었는데, 참으로 묘한 상황이었다.

"설 소저, 아까 그 남자 좋아하죠?"

"무, 무슨 말씀을 하시는 거예요. 조, 좋아하다뇨!"

정곡이 찔려 버렸다.

순간 당황한 그녀는 곧바로 시치미를 뗐다.

하지만 그걸 놓칠 단설영이 아니었다.

"얼굴이 완전 빨개졌는걸요. 호호호, 딱 봐도 굉장히 좋아하는 티가 나요."

결국 설유라는 부끄럽다는 듯이 고개를 옆으로 휙 돌려 버렸다.

그것은 긍정에 의미이기도 했다.

그런 설유라를 보면서 단설영이 부럽다는 듯이 말했다.

"부럽네요. 좋아하는 분이 이렇게 걱정까지 해주시고요."

"걱정이요? 전혀 아닌 것 같았는걸요."

그는 검문을 지독히도 싫어하는 자였다.

왜 그런 것인지는 모르나 그 영향 때문인지 자신에게도 냉정하게 굴었다.

"걱정하지도 않는 사람의 병실에 찾아오나요?"

"아니에요. 정말 회복되었는지 확인만 하러 온 걸요."

"헤에? 정말 그렇게 생각하나요?"

"헉! 까, 깜짝 놀랐잖아요."

고개를 반대로 돌리고 있었는데, 그 방향으로 얼굴을 불쑥 내밀자 설유라는 화들짝 놀랐다. 그도 그럴 것이 말로는 부정은 하면서도 입술을 실룩거리고 있었기 때문이었다.

"헤에, 진짜 설 소저는 예쁘네요. 제가 남자라면 설 소저에게 반했을 걸요."

그만큼 설유라는 매력이 있는 여자였다.

계속 초점이 자신에게 맞춰지는 것이 부담스러웠는지 그녀가 화제를 돌렸다.

"다, 단 소저는 좋아하는 분이 없나요?"

"저요?"

"단 소저같이 아름다운 분이면 오히려 단 소저를 사모하실 분들도 많을 것 같은데요."

"사모요? 하아."

설유라의 갑작스러운 질문에 단설영이 씁쓸한 미소를 지었다.

그녀의 눈시울이 붉어지는 것만 보아도 뭔가 사연이 있는 듯했다.

"…저는 누굴 좋아할 수 있는 처지가 아니에요."

"네?"

"아! 괜, 괜히 이상한 말을 했네요."

방금 전까지만 하더라도 활발하게 이야기를 하던 사람이라고 믿기 힘들었다.

갑자기 어두워진 기색에 설유라는 더는 말을 걸 수가 없었다.

한편, 설유라가 머물고 있는 병실을 다녀온 천마의 표정이 묘했다.

방 안을 가득 매운 뿌연 담배 연기가 그 심경을 대변했다.

담배 연기 사이로 천마의 눈은 추억에 잠겨 있었다.

'닮았어.'

천마는 설유라의 옆에 앉아 있던 단설영을 보는 순간 놀랄 수밖에 없었다.

추억 속의 누군가를 떠올렸다.

찰랑이는 긴 은발에서부터 차가워 보이는 회색빛 눈동자마저도 비슷했다.

'새삼 이곳에 다시 왔다는 걸 실감하게 되는군.'

현세에 반강제적으로 부활하면서 처음으로 먼 옛날로 돌아가는 기분이었다.

그렇게 아련한 생각에 젖어 있던 찰나였다.

뿌우우우!

'이건?'

뿔피리 소리가 마을 전체에 울려 퍼졌다.

진법 밖에서 나는 소리였다.

단가에서 다시 사람을 보내기라도 한 것일까.

천마가 인상을 찌푸렸다.

한창 주조 작업 중이던 마을 전체가 웅성거리며 시끄러워졌다.

의원의 병실에 있던 단설영 역시도 뿔피리 소리에 놀라 밖으로 뛰쳐나왔다.

'단 장로일지도 몰라!'

그녀는 단 장로가 살아 있을지도 모른다는 희망에 젖었다.

반면 궁가의 장로들은 심상치 않은 표정으로 진법이 쳐져 있는 숲을 바라보았다.

회의를 통해 위험한 적이 밖에 있다는 것을 잘 아는 그들이었다.

'만약에 화경의 고수가 속이고 있는 것이라면……'

꼼짝없이 당할 수도 있었다.

바깥의 적은 뿔피리 소리가 궁가 마을에 접선하는 신호임을 확인했다.

그야말로 이러지도 저러지도 못하는 난감한 상황이었다.

뿌우우우우!

뿔피리 소리가 재촉이라도 하듯 다시 한 번 마을 전체로 울려 퍼졌다.

대성사가 고심에 빠진 듯 망설이자 장로들 중 한 명이 자원을 했다.

"일단 노부가 나가 보겠네."

"하지만……."

"그렇다고 저 뿔피리 소리를 무시할 수 없지 않은가."

뿔피리는 갈라져 버린 궁가와 단가 일족을 연결하는 유일한 매개체였다.

결국 대성사는 장로가 나가는 것을 허락했다.

장로는 만약 자신이 나가서 돌아오지 않는다면 절대로 마을 밖으로 나오지 말 것을 신신당부했다.

공교롭게도 장로가 진법이 펼쳐진 숲으로 들어가고 얼마 있지 않아, 천마가 마을 입구에 나타났다.

천마에게 당한 후로 그를 꺼려하는 궁백원은 표정이 좋지 않았다.

"설마 바깥으로 사람을 보낸 건 아니겠지?"

궁백원 역시도 장로를 보내기까지 의심을 하지 않은 것은 아니었다.

그럼에도 천마의 추궁하는 말투에 기분이 나빠진 궁백원이 퉁명스럽게 말했다.

"흥, 나가면 안 될 이유라도 있나?"

"…방금 그 뿔피리 소리를 듣고도 그런 말이 나오나?"

궁백원은 전혀 영문을 모르겠다는 표정을 지었다.

이에 천마가 어이가 없다는 투로 말했다.

"그 뿔피리 소리에 담긴 심후한 내공을 느끼지 못한 것이냐?"

이때 천마가 미처 간과한 부분이 있었다.

여환단을 복용한 궁백원은 내공을 금제당한 것이나 마찬가지였다.

금제 전의 상태라면 뿔피리 소리에 담긴 심후한 내공을 느꼈겠지만, 지금은 그저 단순한 소리만 들렸던 것이다.

"심후한 내공이라니? 그게 무슨 말인가?"

"아아… 미처 깜빡했군."

그제야 천마는 궁백원이 내공의 금제당한 것을 떠올렸다.

본의 아니게 여환단을 복용시킨 것이 화살이 되어 날아온 꼴이었다.

"돌아온 것 같소!"

그때 장로들 중 한 명이 소리쳤다.

진법의 입구로 걸어 들어오는 인영이 보였다.

그는 다름 아닌 진법 밖으로 나갔던 장로였다.

"아아!"

장로가 무사히 돌아온 것을 보자, 궁백원이 안도의 한숨을 쉬었다.

천마의 불길한 말에 꺼림칙하게 여겼었는데 다행이라는 생각이 들었다.

궁백원이 장로에게 물었다.

"단가에서 온 것이오?"

장로는 고개를 좌우로 저으며 영문을 모르겠다는 투로 말했다.

"대성사, 밖에는 아무도 없었네. 여기저기 둘러봐도 아무 흔적조차 없어서 돌아온 것이네."

긴장을 하고 나갔던 장로는 다리에 힘이 풀렸다.

그러나 분명 마을 사람들 전부가 들었던 뿔피리 소리였다.

정작 숲 밖으로 사람은커녕 아무것도 없으니 귀신이 곡할 노릇이었다.

"어찌 되었든 장로가 무사히 돌아와서 다행이오."

"다행은 개뿔."

"허어……."

천마의 거친 말투에 궁백원이 인상을 찌푸렸다.

물론 뿔피리 소리가 들렸지만 아무도 없었다는 점이 의문스러운 건 사실이나, 말을 함부로 하는 게 과하다는 생각이 들었다.

"최악이군."

"자네 말이 너무 심한 것이 아닌……?"

그때 천마가 심각한 표정으로 검지를 들더니 장로를 향해 겨누었다.

천마의 손끝으로 기가 집약되고 있었다.

"자… 자네 지금 무슨 짓인가?"

천마의 돌발 행동에 놀란 궁백원이 소리쳤다.

그러나 이미 천마의 검지에서 검기가 흘러나오더니, 장로에게로 뻗어나갔다.

"허억!"

갑작스럽게 쇄도하는 검기에 놀란 장로가 다급히 몸을 숙였다.

검기는 장로를 지나쳐 숲속으로 뻗어나갔다.

천마의 이런 공격에 놀란 마을 사람들의 표정이 굳어버렸다.

웅성웅성!

'아아, 노부의 실책이로다.'

대장로는 눈을 감으며 자신의 어리석은 선택을 후회했다.

궁가와 인연이 있다는 명목하에 데려온 것이 실수였다.

이렇게 안하무인인 자인 것을 알았다면 절대로 마을로 들이지 않았을 것이다.

"어떻게 안 거지?"

"헉!"

천마의 검기에 다급히 몸을 숙였던 장로는 뒤에서 들리는 목소리에 놀라 두 눈이 커졌다.

진법이 걸린 숲의 입구에서 한 인영이 천천히 걸어 나왔다.

얼굴의 오른뺨에 상처가 있는 중년인이었다.

"역시 네놈이었군."

천마는 중년인의 복색을 기억했다.

검은 옷에 붉은 혁대는 분명 얼마 전에 야영지를 습격했던 복면인들의 복장이었다.

그때와 다른 것은 아주 당당히 얼굴을 공개하고 있다는 점이었다.

"그래, 그래. 그 눈빛."

천마가 그를 바로 알아봤듯이, 상처의 중년인 역시도 천마를 알아봤다.

자신의 일격을 회피한 것도 모자라 허벅지에 검을 꽂는 수모까지 안겨줬으니 말이다.

상처의 중년인이 피식하고 웃었다.

"이제 네놈에게 볼일은 끝났다."

"뭐?"

촤악!

뭐라고 말할 틈도 없었다.

순식간에 장로의 목이 날아갔다.

피가 뿜어져 나오며 궁가 마을의 입구가 붉게 물들어 갔다.

좌중은 너무 놀란 나머지 입을 다물지 못했다.

잔혹한 일수와 더불어 상처의 중년인이 뿜어대는 압도적인 기세에 마을 전체가 침묵의 도가니로 빠져들었다.

'…당했다.'

궁백원의 얼굴이 창백해졌다.

결국 자신이 틀렸고 천마의 말이 옳았다.

뿔피리 소리를 경계했어야 했는데, 오히려 진법을 통과할 수 있도록 안내한 꼴이었다.

진법으로 마을을 보호한 이래로 최악의 적이 들어와 버렸다.

"어디로 숨었나 했던 북해빙궁의 일족들도 찾고, 내게 굴욕을 선사한 놈도 잡았으니 참으로 일거양득이로구나, 후후후."

상처의 중년인은 기분이 좋은지 이죽거리며 말했다.

혼자서 마을로 들어왔으면서도 이미 모든 것을 다 행한 것처럼 오만하기 짝이 없었다.

"미친놈, 개소리 지껄이기는."

천마의 신랄한 욕설에 이죽거리던 중년인의 일순간에 인상이 굳어졌다.

궁백원을 비롯한 장로들 역시도 당황한 나머지 천마를 노려보았다.

모두가 같은 생각을 했을 것이다.

'이자가 미치지 않고서야 적을 자극시켜서 어쩌자고!'

천마가 앞으로 걸어 나왔다.

그의 발걸음에는 어떠한 두려움도 보이지 않았다.

상처의 중년인의 굳어졌던 얼굴이 풀어지며 미친 듯이 웃어 댔다.

"크하하하하하핫!"

한참을 웃어대던 중년인이 붉은 안광을 번뜩이며 살기를 뿜어댔다.

"역시 네놈을 도륙하지 않으면 못 참을 것 같……."

챙!

중년인의 말이 끝나기도 전에 어느새 천마의 신형이 날아와 중년인의 목을 벨 기세로 검을 휘둘렀다.

갑작스러운 일격이었지만, 중년인은 화경의 고수답게 그것을 가볍게 막아냈다.

문제는 막은 것으로 끝나지 않았다.

쩌저적!

중년인의 검에 금이 갔다.

'이건?'

만년한철로 만든 보검은 아니었지만, 나름 한철로 주조된 애지중지하는 명검이었다.

그런 명검이 검기나 강기가 실리지 않은 일격에 금이 간 것이다.

"네놈… 그 검은?"

"크큭, 내 건 아니고 빌린 거지."

천마의 손에 들린 검은 다름 아닌 대성사의 보검인 운암검(雲暗劍)이었다.

운암검은 중원의 사대 보검과 겨뤄도 밀리지 않는 절세보검이다.

'저, 저걸 언제?'

궁백원 역시도 놀란 눈으로 자신의 허리춤에 휑하니 비어진 검집을 바라보았다.

언제 뽑았는지도 느끼지 못한 찰나에 천마가 운암검을 가져간 것이다.

"이놈, 믿는 구석이 있었구나."

만년한철의 보검이라면 능히 검강과 같은 효과를 볼 수 있다.

아직 화경에 이르지 않은 천마였지만, 운암검을 사용한다면 일전을 해볼 만했다.

"왜 후달려?"

더군다나 그 찰진 입심은 적을 자극시키기엔 최고였다.

"이노오오오옴!"

"큭!"

타타타타탁!

격노한 상처의 중년인이 강렬한 살기와 함께 공력을 발산시키자, 검을 맞댔던 천마의 열 보 이상 뒤로 밀려났다.

화경에 이른 심후한 내공은 가히 절정이라 할 수 있었다.

천마의 눈빛이 진지해졌다.

『천마님, 부활하셨도다』 4권에 계속…

초대형 24시 만화방

신간 100%, 샤워실, 흡연실, 수면실(침대석), 커플석, 세탁기 완비

▪ 시흥 정왕25시점 ▪

경기 시흥시 정왕동 1742-13 미스터피자 건물 5층
031) 319-5629

▪ 강북 노원역점 ▪

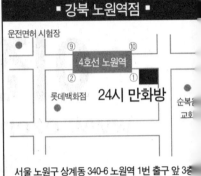

서울 노원구 상계동 340-6 노원역 1번 출구 앞 3층
02) 951-8324 (화용빌딩 3층)

▪ 일산 정발산역점 ▪

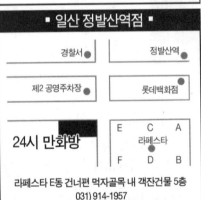

라페스타 E동 건너편 먹자골목 내 객잔건물 5층
031) 914-1957

▪ 일산 화정역점 ▪

경기도 고양시 덕양구 화정동 984번지 서일빌딩
031) 979-4874 (서일사우나 건물 7층)

▪ 부천 역곡역점 ▪

역곡남부역 기업은행 건물 3층
032) 665-5525

▪ 부평역점 ▪

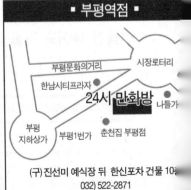

(구) 진선미 예식장 뒤 한신포차 건물 10층
032) 522-2871

고검독보

천성민 新무협 판타지 소설

FANTASTIC ORIENTAL HEROES

강남 무림을 일대 혼란에 빠뜨린 마라천.
그들을 막아선 것은
고독검협(孤獨劍俠)이라 불린 일대고수였다.

마라천이 무너지고 난 후,
홀연 무림에서 모습을 감춘 고독검협.

그리고 수 년…….

그가 다시 무림으로 나섰다.
한 자루 부러진 녹슨 검을 든 채로……!

Book Publishing CHUNGEORAM

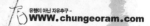

유행이 아닌 자유추구 -
WWW. chungeoram.com

보신제일주의

FANTASTIC ORIENTAL HEROES

김용진 新무협 판타지 소설

황실 다음가는 권력을 지녔다고 하는
천문단가(千文團家)에서 오대독자가 태어났다.
그리고 그 아이는 튼튼하게 자라났다.
…굉장히 튼튼하게.

『보신제일주의』

"다 큰 어른들도 하기 힘들어하는 수련인데
공자께서는 요령도 피우시지 않는군요. 대단합니다."

"건강하게 오래 살려면 해야 하는 일이니까요."

취미는 삼 뿌리 씹기, 약탕기는 생활필수품!
그리고 추구하는 건 오로지 보신(保身)!
하지만… 무림의 가혹한 은원은 피할 수 없다.

"각오완료(覺悟完了)다. 살아남아 주마!"

Book Publishing CHUNGEORAM

유행이 아닌 자유추구
WWW.chungeoram.com

허담 新무협 판타지 소설
FANTASTIC ORIENTAL HEROES

신력을 타고났으나 그것은 축복이 아닌 저주였다.

『십자성 - 전왕의 검』

남과 다르기에 계속된 도망자의 삶.
거듭된 도망의 끝은 북방 이민족의 땅이었다.
야만자의 땅에서 적풍은 마침내 검을 드는데……!

"다시는 숨어 살지 않겠다!"

쫓기지 않고 군림하리라!
절대마지 십자성을 거느린
적풍의 압도적인 무림행이 시작된다!

Book Publishing CHUNGEORAM

유행이 아닌 자유추구 -
WWW. chungeoram.com

FUSION FANTASTIC STORY

텀블러 장편소설

현대
천마록

천하를 호령하고, 전 무림을 통합한
일월신교의 교주 천하랑.
사람들은 그를 천마, 혹은 혈마대제라고 불렀다.

『현대 천마록』

무공의 끝은 불로불사가 되는 것이라 생각했지만
그로서도 자연의 섭리 앞에선 어쩔 수 없었다!

'그렇게 많은 피를 흘렸음에도 불구하고
죽을 때가 되니 남는 것이 없군그래.'

거듭된 고련 끝에 천하랑의 영혼이
존재하지 않게 된 그 순간
그의 영혼은 현세에서 천마로서 눈을 뜬다!

Book Publishing CHUNGEORAM

유행이 아닌 자유추구 -
WWW.chungeoram.com

2016년의 대미를 장식할 최고의 스포츠 소설!!

Career record : 984W 26L
Career titles : 95
Highest ranking : No.1(387weeks)
Grand Slam Singles results : 23W
Paralympic medal record : Singles Gold(2012, 2016)

약 십 년여를 세계 최고로 군림한 천재 테니스 선수.
경기 내내 그의 몸을 지탱하고 있는 것은…… 휠체어였다.

『그랜드슬램』

휠체어 테니스계의 신, 이영석(32).
그는 정상의 자리에서도 끝없는 갈망에 사로잡혀 있었다.

"걷고 싶다, 뛰고 싶다. …날고 싶다!!"

뛸 수 없던 천재 테니스 선수
그에게, 날개가 달렸다!!!

Book Publishing CHUNGEORAM

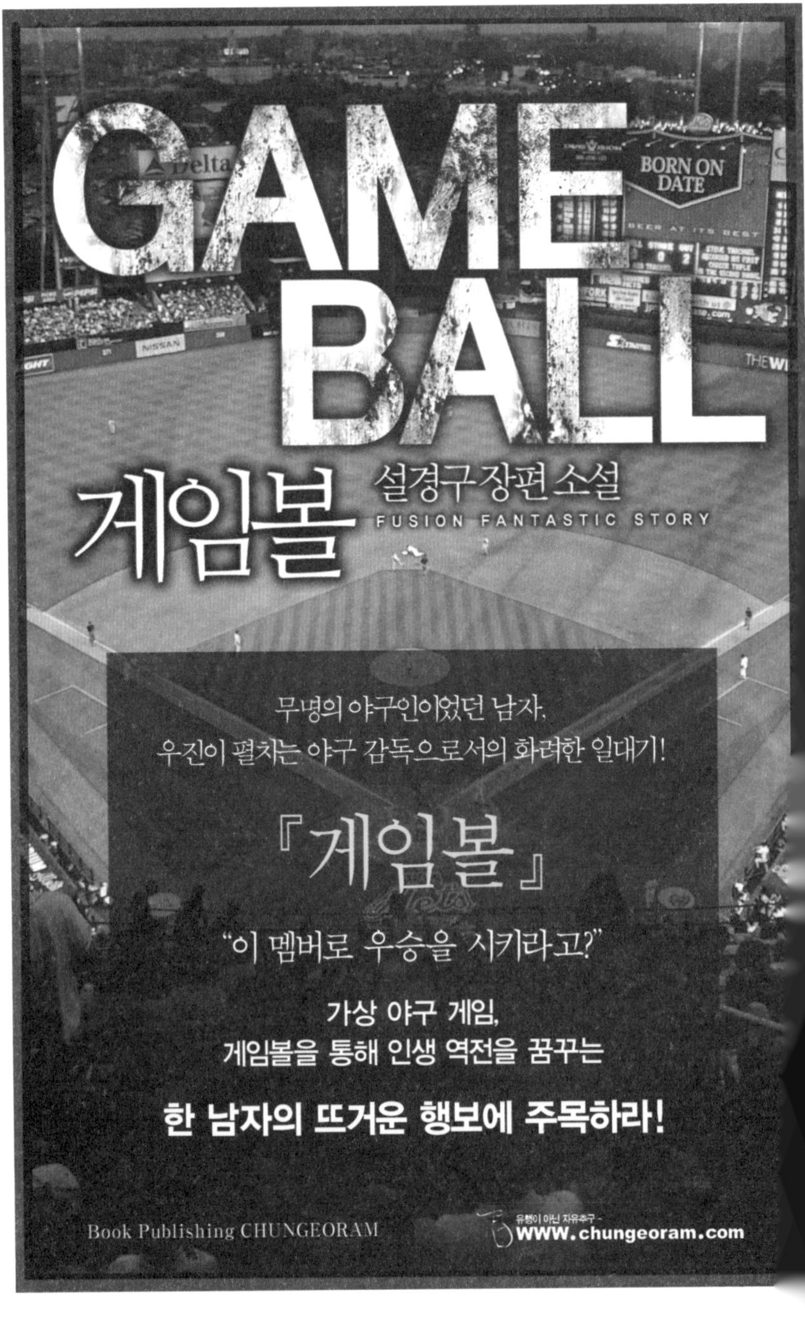
GAME
BALL
게임볼
설경구 장편 소설
FUSION FANTASTIC STORY
무명의 야구인이었던 남자,
우진이 펼치는 야구 감독으로서의 화려한 일대기!
『게임볼』
"이 멤버로 우승을 시키라고?"
가상 야구 게임,
게임볼을 통해 인생 역전을 꿈꾸는
한 남자의 뜨거운 행보에 주목하라!
Book Publishing CHUNGEORAM
유행이 아닌 자유추구 -
WWW.chungeoram.com